僕たちは
発達しているよ

中田大地

花風社

栗林先生

特別支援教育
コーディネーター

ママ

大地

弓代さん

介助員

本山先生

おひさま学級担任

何もしないであきらめるよりも、
何でも挑戦して
みんなが楽しい修行が一番です。

天国の光君へ

光君を描いていた戸部先生が天国に行ってしまいました。

光君は僕のお兄ちゃんでした。僕は光君と同じようなトレーニングやテストを受けていました。僕も光君のようにお話が出来ない時がありました。光君がママって言った時は僕は嬉しい気持ちになりました。僕もなかなかママって言えなかったそうです。最初に覚えたのは「カーテン」で次は「電気」でした。

本当に光君と大地は似ているところがたくさんありました。うまく自分の気持ちが言えないことや、「馬鹿じゃないの」と言われるとこや、「わがままだ」と言われるとこも、無理やりやらされてパニックになるところもです。

だから、僕も光君のように働ける大人になりたいと思っています。頑張ればきっと働けると思っています。光君のように自力登校して、バスにも乗れて、電車にも乗れるようになったらすごいことです。光君が頑張ったから、大地も買い物が出来るようになりました。もう光君の次はありません。戸部先生が光君と一緒に天国に行ってしまいました。

でも、ママが言いました。「光君も青木先生も五利先生も郡司先生も日本中にいます」と言いました。それは、戸部先生が日本中にいる自閉症の人や、その周りの先生たちに取材で会って、そこから光君たちが生まれたからです。だから、大地も光君だったのです。

漫画の光君には会えないけど、大地が働く大人になることは光君の夢がかなうことだとママは言いました。空から、戸部先生と光君は大地のことを見ているかもしれません。大地は窓を開けて、大地の本をお星様に見せました。光君には大地の本が見えたかな。「光君の分も大地は頑張って働きます」って、お話しました。

天国のグランパとグランマに「大地は頑張っているよ」と伝言してほしい気持ちでいます。どうぞよろしくお願いします。大地が中学に入るまでは、光君は漫画の中にいてください。時々会いたいと思います。

なかただいち

僕たちは発達しているよ――――もくじ

診断・告知　115

三年生の大地の修行　167

二〇一〇年一月　大地、小学校二年生の冬

特別支援学級は楽しい！

はじめに

僕の体はみんなと違います。僕の心や考え方もみんなと違います。僕には障害があるかもしれません。でも、もしかしたらないかもしれません。僕は、どんな病気なんだろう…どんな障害なんだろう…僕は心配になりました。

本を読みました。ネットで調べました。人に聞きました。でも、僕の知りたいことはありませんでした。僕がみんなと違う理由がわかれば、解決できる方法があると思いました。でも、そういうことではありませんでした。

僕がわかったことは、僕は自閉症でもアスペルガーでも僕だということです。幸せなのは自分の手でご飯が食べられ、行きたい所へ自分の足で行けることです。一番大事なことは、大人になるためにトレーニングが必要だということです。僕は修行に入ることになりました。

修行が始まるとびっくりすることばかりでした。それは忘れてはいけないことです。僕の修行は理由があります。目的があります。修行して一年がたちました。色々わかってきました。少し修行の成果が出ました。調子に乗ると、僕はまた失敗する恐れがあります。大人になって生きていくためには、忘れると失敗することになります。だから、メモしておくことにしました。

「自閉症」「アスペルガー」ですと言われたら…

栗林先生（編注：特別支援教育コーディネータの先生）は言いました。

「自閉症かどうかはお医者さんじゃないと決められない」

「病院の先生によっては答えが変わることもある」

「その時の症状で、答えは変わる」

「大地は自閉症の人に似ているところがある。全部ではない」

「自閉症でも自閉症でなくても、栗林先生と修行をする」

「大地は可愛い。先生の子どももだったらいいのに」

パパとママが言いました。

「もし自閉症ですと言われたら、生まれた時から自閉症。何も変わらない」

「自閉症ではありませんよと言われたら、生まれた時から自閉症じゃない。何も変わらない」

「自閉症でも、自閉症でなくても…大地は中田大地。パパとママの可愛い子ども」

僕はいつかお医者さんに答えを教えてもらおうと思います。でも、答えが出ても、あまり変わりはないようです。治ったり、悪化したり、熱が出たり、死んでしまうことはないようです。

僕は障害ではない方がいいと思います。病気でない方がいいです。でも、やっぱり僕は障害があると思います。だから、みんなより頑張る必要があります。そう思っていた方がいいと思います。

はじめは、脳の病気だと思いました。それは、「頭がおかしいんじゃないの?」と、言われたからです。「そんなことをいうのはあなただけです」も言われました。「大地君は変だよ」も言われました。ゲボをしたり、お腹が痛くなった時「本当に弱い子だね」「また仮病？」も言われました。だから、僕は狂っている。脳の病気だと思っていました。心配するのでママには言いませんでした。パパには言いました。パパは「パパも大地と同じだよ。大丈夫だよ。脳の病気じゃない。ママの言うことを聞いていれば、必ずみんなと同じようになれるよ」と言いました。僕は安心しました。でも、しばらくすると心配になりました。

僕はいろんなことを無理やりやらされました。本当に怖かったり、痛いように思ったり、うるさかったり、気持ちが悪くなったり、寂しかったり、意味がわからなかったり、何を言っているのかわからない。そんなことばっかりでした。先生は僕の気持を無視しました。無視したくせに怒りました。僕は話をしようと思いました。話をしても先生からは返事は来ませんでした。そのうち、「今日は委員会があるから…」と、断られるようになりました。僕の存在はなくなりました。ママも先生に言ってくれました。でも、無駄でした。

行事にはいやでも、手を引っ張って連れて行かれました。泣いたり、暴れる人は大きな声で叱られています。だから、何も言わないことにしました。それが平和です。でも、ママは言いました。「大地のつらいことをわかってくれる先生を探してくるね」そして、栗林先生を探してくれました。大地は、たとえ自閉症でも「ラッキー！」でした。

自閉症の博士に会いに行く

僕は自閉症の博士に会いに行きました。僕は答えを教えてもらおうと思いました。博士は僕に質問しました。

「どうして自閉症だと思ったの？」

僕は困りました。それは、ぼくは医者ではないからです。医者でもないのに答えを決めてはいけないからです。怒られるかも…と、思いました。

博士はママに聞きました。「診断が必要ですか？」ママは「とくに必要ありません」と、言いました。僕はママに聞きました。「心配じゃないのか！」僕は、怒っていました。本当です。でも、ママは笑っていました。そして言いました。「だれがどんな病気だと言っても、大地は可愛いママの子どもだよ。大人になるまでに本当に病気になったり、怪我をするかもしれない。それでも、ママの子どもなんだよ」

僕は安心しました。ママの子どもでよかったと思いました。

博士は大地に言いました。

「自閉症やアスペルガーかどうかよりももっと大事なことがあるよ。自分の好きなこと、嫌いなこと、得意なこと、苦手なことを知った方がいいよ」

次に博士に会うときまでの宿題です。これはとても難しいです。博士は「同じ二年生のお友だちと比べてごらん」と言いました。これはヒントです。

栗林先生が大地に話してくれたことと同じでした。もう、博士に聞くことはありませんでした。僕のそばには、博士が二人いました。栗林先生とママです。信用して、言うことを聞いていくことが大事だと思いました。そばにいる博士が大好きな人でよかったです。

博士は研究所にいる人だけではありませんでした。

博士と話をしてもう一つわかったことがあります。パパもママも、栗林先生も本山先生も、弓代さんも（編注：介助員の人）、M先生も（編注：四肢不自由児クラスの担任）、教頭先生も、いろんな人が僕を気にかけてくれています。心配して、いろんなことを考えてくれていま す。やっぱり、僕は幸せ者でした。

僕はなんなんだろう。どういうことなんだろう。僕は考えていました。僕は心配でした。僕が一番知りたいことでした。でも、そんなことはどうでもいいことでした。僕はつまらないことでずいぶん悩んでいました。僕が僕らしく生きることが大事だったんです。

それでも、「僕は自分のことを知らなくてはいけない」ことは変わらないと思います。僕のことを先生たちやママが研究するように、僕も自分のことを研究しようと思います。新しく友だちになった本の博士、浅見さんの旦那さんは言いました。「努力する形は違ってもいいんだよ」。

だから、みんなと違っても、働ける大人になるために努力しようと思います。忘れないでいようと思います。

おひさま（編注：支援級）で勉強するということ

栗林先生は言いました。

「面倒なことはていねいにする」

「行事は必ず出る」

おひさま学級は大人になるための修行をするところです。教えてもらったことはたくさんあります。でも、どうしてそれが役に立つのかわかりません。

自閉症の博士と会いました。自閉症の本を作る博士に会いました。本の博士の浅見さんは自閉症で大人になった人のことを教えてくれました。

大地のように、みんなと少し違う苦手の人がいます。いろいろ苦労して、工夫していまず。飛行機に乗ったり、本を書いたり、人の前で話をしたりしています。

浅見さんは、お相撲も教えてくれました。外国から来て言葉のわからない人。体の小さい人。動きの遅い人。みんな苦手がありました。自分の苦手をコツコツ修行しています。

浅見さんは言いました。「大人になるというのは人の役に立つということです」

これで僕はわかりました。もう、嫌になるくらい栗林先生が僕に教えてくれたことです。僕は「大人になるためにトレーニングが必要」です。ていねいにすること。仕事を確認すること。コツコツ面倒なことを繰り返し練習すること。嫌なことに挑戦すること。おしゃべりを我慢すること。必要なことを話すこと。行事に出ること。楽しいことを見つけること。みんな大人になるために必要なことだったのです。だから、栗林先生は「グダグダ言わないでやりなさい」と、教えてくれていたのです。

僕がどんな気持ちで頑張れるかが大事です。

本が出来て、いままで教えてもらったことがわかってきました。みんなと同じに出来なくて、助けてくれたママや先生たちの苦労が少しわかりました。今度は僕が自分の気持ちで決めていかなくてはいけません。

決めた目標は十八歳の三月に、大人として生きていけることです。「そのために必要なことが勉強できるなら、場所はどこだってかまわない」とママは言いました。そういうことなんだと大地も思います。

栗林先生は「大地が変わりたいと思う気持ちが大切」と言いました。そう思っているうちは変化出来るそうです。


働くというのは、お金をもらうこと。生きていくためには、働かないといけないそうです。障害があるのは恥ずかしいことではないそうです。でも、働かないでご飯が食べられない人は恥ずかしい人です。僕は働けるようになります。戦う相手は自分です。それと、自分のことを自分で出来ることが大事です。

僕の気持ちが変わったことが栗林先生に伝わっていました。顔が変わってきたと言われました。嬉しかったです。忘れないようにします。

おひさま学級に行ってよかったこと

僕は交流での勉強は「もう、無理！」と、いつも思います。
理由①　とてもうるさいです。

理由② 先生の言っていることがわかりません。
理由③ S先生（編注：二年生のときの交流学級の先生）と気持ちが合わない。

理由①については、確かにうるさいときもあるけど、僕はやっぱり耳が敏感です。栗林先生や介助員の弓代さんは時々言います。「今日の大地はいつもよりうるさいと感じるよ」それは、僕が調子の悪い時です。緊張している時。嫌な気分の時。行きたくない気持ちの時。少し病気かもしれない時。なんでもないのに、うるさいと感じる耳です。言われたら僕は気をつけることができます。でも、言われなくても「気をつけた方がいい時」がわかるようになってきました。

理由②については、そのままです。

理由③については、僕は交流のS先生とはうまく気持ちが合いません。S先生は僕のことを心配してくれています。チーム大地の一人です。でも、なかなかそれがうまくいきません。結構、イラっときます。

世の中はそういうものだと栗林先生は教えてくれました。みんなが大地のことをわかってくれるわけではないのです。心配して、大事にしてくれる人でも理解は難しいということです。そして、世の中には理解する気のない人もいるそうです。そういう人とは仲良くする必要はないそうです。本山先生は言いました。「お互い、気にかけていることが大切です」わからなかったことや、伝わらなかったことは本山先生と解決することにしました。

ママは「S先生と勉強することも大事な修行です」と、言いました。世の中は、わかってくれる人より、わかってくれない人の方が多いそうです。僕の知らないところで、S先生は僕をちゃんと見ているそうです。そして、ママに教えてくれるそうです。「とても頑張りました。たくさん褒めてあげてください」と言うそうです。S先生は先生一年生です。栗林先生はベテランです。比べてはいけないと言いました。

おひさま学級が役に立つところ

うまくいかなかったことをおひさまで修正できます。わからなかったことは、聞くことができます。

僕のペースで勉強するにはおひさまが一番いいです。漢字や計算ができ、勉強ができても駄目です。それを、ちゃんと使えないと生きていけません。買い物をするということ。電車に乗るということ。手紙を書くこと。電話をすること。伝言をすること。メモをとれること。計算したり、お金を払ったり、お釣りをもらったり、正しい言葉使いで話して、書く。聞いたことから必要なことをメモする。それは、プリントだけでは出来るようにならないそうです。実際に、やってみないとだめです。一回だけじゃなくて何回もです。

学校だけでは足りません。家でもします。でも、家だけでは出来ません。両方が大事です。先生たちとママと協力しています。大地がミッションをクリアするために、たくさんの作戦と計画が必要です。繰り返しすることも大事です。「しつこいな〜」と、思います。でも、文句を言わずにやろうと思います。

だから僕はおひさまで勉強します。僕は交流での勉強も必要です。でも、それだけでは修行が足りないのです。学校で勉強することを使えるようになるためには、おひさまが必要です。

おひさまに行って一番良かったこと。僕がみんなと違うことをわかってもらえたことです。我慢できそうもないときに、叱られたり、無理やりやらされることはなくなりました。嫌なことをやることは同じです。僕がわかるように説明してくれます。どうしても出来ないことは、どうやったら出来るのかを考えてくれます。

いつまでもおひさまにはいられません。僕はいつか、交流に帰ることになります。障害がもしあっても、僕は働いたお金で生活できなくてはいけません。自分のことは自分で出来るようにならなくてはいけません。重い障害のある人は、ヘルパーさんやそういう人が入るお家がありますが、僕にはないからです。

おひさまに行って悪かったこと

おひさまに行って悲しいことがありました。

一つめは、ある先生がママに「おひさまなんかに行かなくても大丈夫だと思いますよ」と言ったことです。どうしてそう言うのかわかりませんでした。今は少しわかります。おひさまを「良いところ」と、思っている人が少ないからです。おひさまは「障害を持った人」がたくさんいます。そういう人を可哀そうだと思っている人がいます。でも、栗林先生は「障害があるかどうかは、自分で決めてよい」「障害があっても結構みんな幸せなんだよ」と、教えてくれました。

ママは「自分より弱い人や自分と少し違う人を差別してはいけない。命はみんな同じです。それがわからない人は心が貧しい」と言いました。お金は働けば稼げますが、心の貧しい人は、どうすることも出来ないそうです。

二つめは、お友だちやお友だちのお母さんに馬鹿にされたことです。おひさまは「頭のおかしい人の集まり」と、思っている人がいます。僕は少しいじめられました。栗林先生は「障害」について、お友だちやお母さんたちに話してくれました。大地にとって、なぜおひさま学級が必要なのかも話してくれました。そして、僕がどんなことに困っているのか、いま頑張っていることを話してくれました。

でもどんなに話してもわからない人がいるそうです。

三つめは、交流のお友だちと一緒にいる時間が減ったことです。

四つめは、いつも「交流の人に負けているかも」と心配になることです。おひさまにいると勉強時間が少ないです。学芸会や運動会の練習時間が少ないです。おひさまと二つ出るときは、練習して覚えることも、みんなの倍あります。いろんなことが遅れているかもしれないと不安になります。

時々、先生に確認します。僕は今のところ勉強は遅れていません。進んでいるところや得意なところは先生たちが褒めてくれます。僕は漢字が大好きです。

授業で足りないところは、特訓を受けます。納得できない時は、家でも頑張ります。

僕は体育が遅れています。鉄棒や縄跳びはみんなより出来ないです。ボールを使った運動も苦手です。跳び箱も出来ません。

出来ないことは家でも頑張ります。おひさまに行かなくても、体育は遅れていたと思います。


僕は出来たら、交流でみんなと勉強がしたいです。残念ながら、まだ自信がありません。まだまだ無理です。もう少し、修行が必要です。でも、いつ帰ってもいいように、遅れないように努力しようと思います。勉強とトレーニングの両方をしっかり頑張りたいです。

なぜ、おひさまで勉強しているのか。おひさまで今、何を修行しないといけないのか。これを気をつけて毎日を送ることにしました。それだけで、一日の価値がずいぶん変わってくるそうです。ずいぶん前に栗林先生が言いました。これも、やっとわかるようになってきました。

日本語は難しい

おひさまに行っても理解不能のままだったことはあります。何がわからないのかもわからないでいました。簡単に言うと、言いたいことを省略して言うということです。これがわからないので、僕はよく叱られました。叱られている意味がさっぱりわかりませんでした。

「大地、もうすぐ給食の時間だよ」と、本山先生は言います。僕は「そうなんだ」と、思います。でも、しばらくすると本山先生は怒り始めます。

「何をやってるんだ！」そして、トイレも行っていない。手も洗っていない。机の上が片付いていない。いろんなことを次から次へと注意されます。

「さっき言ったのに、どうして準備が終わっていない」

「聞いていないよ」
「聞いていない大地が悪い。返事をしたでしょ！」

また、聞こえなかったかな…と、いつも思っていました。先生とママが話して、大地とママが話して…紙に書いて研究しました。いつ、どこで、だれが、何を話したのか。その時、何をしていたのか。どう思ったのか。なんて返事をしたのか。

謎が解明しました。「もうすぐ給食の時間だよ」には、いろんな意味がありました。

「自分が何の時間に何をするのか。こう言われたら、何をしなくてはいけないのか。わかる人にならないと誤解されます」と、ママが言いました。いつもの生活は、カードを作ってもらいました。家では無駄なことで叱られることが少なくなりました。やることが決まっていると安心です。何回か確認すると、すぐに覚えました。「あぁ、こういうことか」と、思います。

「雪かきするよ」とママが言いました。初めてのことは逆質問してみます。「何分までに何をしたらいいの?」ママは紙に書いてくれます。林檎(編注:上の妹　三歳下)がわかるように平仮名で書きます。苺(編注:下の妹　五歳下)がわかるように、絵も描いてくれます。三人で楽しく準備します。時々、林檎が助けてくれます。

他にもたくさんあります。遊びに行ってお友だちのお母さんが「そろそろ夕御飯だよ」とか、「家の人が心配しているよ」と言った時は「もう帰りなさい」の合図。「少し休んで行きなさい」は、寝なさいという意味ではないこと。「ご飯を食べに行こう」は、おかずも食べていいこと。「お茶しない?」は、休憩しようとか、おしゃべりしようとかっていうこと。

年上の人とお友だちと話す言葉がちがうこと。お願いする時も断る時も、「すいません」をつけるといいこと。「あぁ?」「だから?」「それで?」で、話を止めると相手の人は気分が悪くなること。

英語のように「NO!」で、済めば簡単なのにと思います。

様子を表す言葉は面倒です。「歩く」だけでもずいぶんあります。トコトコ、ノソノソ、すたすた、どすどす、ドッシンドッシン等です。人によって、場所によって、いろんなことで使う言葉が変わります。特に難しかったのは「泣く」「笑う」「痛む」です。
まだ、よくわからないことがあります。でも、色や大きさを表わす方法は慣れてきました。実際に測ってみなくても、聞く人はあまり困らないようです。

あそこ、そこ、ここなどもわかりづらいです。ルールを覚えたら、少しずつわかる気がします。でも、場所はきちんと言ってもらう方が便利です。だから、逆質問します。「あそこって、どこ?」そしたら、本山先生は「大地の机の上だよ」と、教えてくれます。その方が親切な言い方だと思います。

嫌いな言葉…「少し待っていてね」と言って、見えなくなることです。コンビニの駐車場でママの買い物を待つのは好きじゃないです。だから、ママが買い物をしている様子が見えるところにしてもらいます。

最近、面白いのが「慣用句」です。気持ちの悪い言葉がたくさんあります。「口が重い・堅い・軽い・挟む」「頭が切れる・重い・下がる・上がらない」。少しずつ覚えていこうと思います。

便利な人、便利じゃない人

僕は僕が思っていることがわかってやってくれる人は便利な人だと思っていました。でも、考えてみると僕が大切に思う人は、結構便利じゃないです。

栗林先生は帰る家や家族がいます。先生じゃない時は、パパになります。先生の時も、生徒がたくさんいます。僕が一番になることはありません。他の学校にも出かけていきます。僕がそばにいて欲しい時でも行ってしまいます。便利じゃない人です。

ママは言わないと助けてくれません。最近は言ってみても、「一人で頑張りなさい」と拒否されます。しかも、留守番や一人でお出かけ、初めての場所に行く。次から次へと、修行を持ち出します。それに前みたく、困った時に先生に話をしなくなりました。「学校で困ったことは学校で先生と解決しなさい。ママは学校の人じゃないのでわかりません。学校は大地の世界です」と言います。やっぱり便利じゃないです。

本山先生は色々言うと、「だから～なに～」と言います。わからないふりをしているみたいです。弓代さんは今、一番便利な人です。困った時は「困っているの？　つらいの？」と聞いてくれます。

みんな僕の大事な人たちです。便利じゃない人ばかりです。そして、はっきり「ダメ！出来ていない」と言う人たちです。いい加減にやっている。確認が出来ていない。とか、ズケズケと駄目だしします。でも、答えはそう簡単には教えてくれません。やり直しをさせたり、近くで見てくれますが、答えは自分で探せということです。「アドバイスはするけど、失敗しながらでも自分でやることが大事だ」と、本山先生は言いました。だから、みんなあまり手伝わないのだと思います。僕は考えて工夫します。うまく出来ても、あまり褒めてくれません。「やればできるのだよ」と、言います。「泣くほど嫌なことじゃなかったでしょう」と、言います。

頑張っていることは、みんなが見てくれています。それは、みんなが褒めてくれます。頑張りモードじゃない時は、すぐにみんなにばれます。最近は、頑張りモードを続けられるように気をつけています。できなくても、失敗でもそこは褒めてくれます。

僕が「失敗した」と、思うことも、二年生なら大成功のことが多いことがわかってきました。「ここが良かった」「ここは我慢できていた」「ここはまだ修行がいる」と、はっきり言われることは便利です。ズケズケ言われることは、便利なのかもしれません。

新しい修行はやっぱり怖い

新しい修行の前は、気分が悪くなります。それは全く想像できないからです。でも、先生たちはいろんなことを教えてくれます。いろんなことを試してくれます。映画に行くだけでも、そこはどんな場所なのか、どんな光が出るのか、どんな音なのか。先生たちは前の日、顔を見るたび、教えてくれました。光の話だけでも、みんな説明が違いました。みんな感じ方が違うと思いました。みんな、心配してくれていました。大地にわかってほしいというのが伝わってきました。

僕は照れました。なんだか、恥ずかしい気持ちです。初めての映画は楽しかったです。映画の結果は…照れるのでうまく報告が出来ませんでした。怖くなった時、大きな声が出そうな時、先生たちがそばにいる気持ちになりました。

僕には便利じゃない人の方が必要だと思います。何でも教えてくれたり、代わりにやってくれる人は本当は良い人ではない気がします。それは、僕が挑戦するチャンスがなくなるからです。考えたり、工夫したり、努力しなくてもよくなってしまうからです。

それに僕は、ズケズケ言われないとわからない人みたいです。その方がはっきりするみたいです。

パパ、ママ、おひさまの先生は嘘は言いません。適当なことは言いません。騙したりしません。失敗したら、「大地。ごめんね」と、言ってくれます。だから信用できます。

最近、友だちになった本の博士の浅見さんは栗林先生と同じことを言います。必ず出来るとか、いつか出来るとは言いません。「頑張れば出来るようになる」と言います。でも、頑張っても出来ないことがあるとも言います。横綱にはなれなくても、練習すれば大地も友だちとなら相撲が出来るということです。大事なのは、出来ないと思いながら練習しないこと。コツコツ続けること。そして一番は楽しむことだそうです。

正しいことばかりが通るわけじゃない

「ルールを守ること」「約束を守ること」は大事なことだと教えてもらいました。でも、世の中はそうではないことが多いと教えてもらいました。弓代さんは「正義が通らない」と言いました。

暴力をふるうのは悪いこと。でも、時にはそれが必要だという。それは、二つ。自分の身を守るためには必要。相手を傷つけない約束を守れても、自分が傷ついてはいけないです。大きくなって、力が強くなったら、暴力で死んでしまうこともあるそうです。逃げるためには、一発やり返して逃げなくては、僕は怪我をしたり死んでしまうこともあるそうです。

理由がないのに暴力をふるう人や、大したことでもないのに、暴力をふるう人がいます。僕は理解できないし、つらいし、苦しいことです。そういう人は相手にしない方がいいそうです。

悪いことをしたり、失敗をした時は「ごめんなさい」と、謝って反省します。でも、ごめんなさいが出来ない人がいます。自分が悪いことをしたことがわからなかったり、悪いことをしたり、人に嫌な思いをさせてもすぐに忘れる人がいます。そういう人を「馬鹿」と、思ってはいけないそうです。もともとそういう考えの人がいて、中には、障害でわからない人もいます。わかるけど、心がまだ小さい子どものままで自分でコントロールできない人もいます。

そういう人が僕の周りにもいます。いろんな嫌な思いをしました。我慢をしました。説明も聞きました。でも、僕にはよくわかりません。我慢が出来なくなりました。どうしたらいいのかわかりませんでした。そういう時は、僕も大きくなってわかるようになるまでは、そばに行かない方がいいそうです。

栗林先生は「大地が大事に思えて、大地のことを大切に思ってくれる人が友だちです」と、言いました。仲良くしたくない人と、無理に友だちになったり、仲良くする必要はないそうです。

ママは「嫌な人や嫌いな人とも、同じ場所で同じ時間を一緒に過ごさなくてはいけない」と言いました。

浅見さんは「大人になったら、子どものころより仲良くする人を選べる」と言いました。

「大人になったら、ケンカさえしなければ別に仲良くしなくてもいい」と言いました。

学校では答えがわかっても、言わない方がいいときがあります。弓代さんは教えてくれました。

「みんなの意見が聞くことが勉強」

「みんなで答えを考えるのが勉強」

「答えが一つでない時がある」

「大地と違う答えが選ばれても、大地が間違っているとは限らない」

「そうだと思う人が多い方を答えに選ぶ方法もある」

とても難しいことだそうです。僕にもさっぱりわかりません。聞かれたこと以外は答えなければ失敗は少なくなります。

思い通りにならなかったとき

僕は「こうでなくてはならない」と、頭で考えて、そうなるようにやる勉強をしてきました。一人のときはうまくいきますが、交流で勉強したり、友だちと遊んでいるときは、なかなかうまくいきません。それはとても気分が悪くて、ずっと嫌な気分になります。スッキリしません。でも、そういうこともある。そういうことが多いことがわかってきました。あとは自分で軌道修正できるようになれれば、もう少し嫌な気分が少なくなると思います。

浅見さんは言いました。「大人になってから気づいた人も、頑張ってしっかり出来るようになりました。子どものころから修行している大地はもっと早くいろんなことが出来るはずです」修行はなかなか厳しいです。

思い通りにならなかった時が一番、どうしたらいいのかわからなくなります。自分でも、自分がわからないからです。学校では、栗林先生がいると助かります。眼と眼が合うと、ビームを送ってくれます。帰るとメールで教えてくれます。気分が悪いまま二日も三日も経つと、栗林先生に呼ばれます。ピアノをしたり、少しだけ膝に座ったり、お話をします。

本山先生とは一緒に段ボールハウスに行きます。まったりします。本山先生は自分の仕事をします。ここでリセットする方法もあります。まだまだ自分でうまくは出来ません。

家でも、うまくいかないことは多いです。それは、僕には家族がいるからです。僕の予定が狂うのは当たり前のことです。僕は混乱します。でも、前みたいに暴れたり、パニックになる前にリセットします。僕がパニックになると、小さい妹たちは心配したり、困ることになるからです。僕は自分の部屋に入ります。マットの家で、だいじ（編注：コーピンググッズの毛布）を持ってマッタリします。好きな音楽を聴きます。結構、モーツアルトがいい感じです。ショパンも好きです。懐中電灯も持って入ります。少しすると、落ち着きます。漢字をやったり、地図を見たり、図鑑を見ることもあります。宝物の石を磨くのも落ち着きます。

前は部屋の中に本やトミカ、レゴ、石、ポケモン、虫の人形を並べるのが好きでした。今はやめました。途中でトイレに行くたびにふんずけるからです。片付けるのも面倒です。並べるときはテーブルの上に少しだけにします。

僕がこうやってリセットする方法は、他の人から見たら変なことだと思います。みんなが楽しんでいるときは、みんなは気分が悪くなる恐れがあります。だから、少しだけにしようと思っています。

得意なこと・苦手なこと

僕には特徴があります。得意だと思っていたことが、実はあまり出来ていない。苦手だと思っていることが、結構みんなより出来ていることです。

おひさまに行くまでは、僕は知りませんでした。覚えるのは苦手だと思っていましたが、好きな漢字やお城は一回見ればすぐに覚えられます。本を見ればどんどん折れる折り紙は、角と角が合っていないし、折り目もきちんとしていないので綺麗には出来ていませんでした。たくさん覚えたはずの漢字は、角がなかったり隙間だらけで、よく見ると知っている字とは違いました。

僕は細かいところまでよく見ることが苦手です。そして、細かい作業が苦手です。本を見て折り方がわかっても、細かい作業が出来ていませんでした。漢字を覚えても、細かいところまでは覚えていませんでした。それに、真っすぐな線や斜めの線、カーブなどの線も書けませんでした。枠の中に、字を書けませんでした。

おひさまに行って、最初に「ここが出来ていない」と、栗林先生にもママにも言われました。こういうことが出来るようになると、いろんなことが出来るそうです。

出来ると思っていたことを、出来ないと言われたので腹が立ちました。ママとは大喧嘩をしました。学校では泣きました。大地は結構、落ち込みました。そして、こういうトレーニングは、最初のころつまらなくて嫌になりました。わけがわからなくて、家でやるのが嫌になりました。

でも少しずつ、自分でも出来ていないことがわかってきました。僕は幼稚園の妹より、下手くそでした。出来ていないことがわかると、気をつけなくてはいけないことがわかってきました。

どうしても出来ない時は、栗林先生に特訓をお願いしました。プリントのトレーニングは栗林先生が丸をつけます。赤ペンでいろいろアドバイスを書いてくれます。僕は全部きちんと読みます。だいぶ上手になりました。ハートやクローバーや難しい形が書けるようになりました。最も難しい形も、書ける方法を発見しました。分解してパーツごとに書いていく方法と、点を打って線で結んでいく方法です。これで、大きな画用紙に絵を描くのも嫌ではなくなりました。

修行の成果が出るとうれしいです。だいぶうまく出来るようになったそうです。まだトレーニングは完成していません。もう少し頑張ろうと思います。時々、ママはさぼろうとします。僕は一日休むと、調子が上がりません。ママをさぼらせないことも、僕には大事なことです。

僕の勉強

僕はみんなと違う方法で勉強します。漢字の勉強でも、目標が毎日変わります。出来るだけきれいに書く日。角・点の向き・隙間がないように書く。呪文を言いながら書く日。

いろいろです。なぜなら、いっぱい言われてもどこから気をつけたらいいのかわからなくなるからです。

筆算とかの計算は、二〇問以上はしません。その代わり、お話が長～い問題をします。面白い長いお話から、問題を解くための謎を探さないとできないです。ママはこういう問題をたくさん作っています。国語的算数問題と言うそうです。ただの算数より楽しいです。本山先生とは、謎を解くヒントに印をつける勉強もします。わかったことはメモしたり、絵にしたりもします。交流ではこういう勉強はしません。交流の勉強はあまり考えなくても出来る問題です。

二年生は、お金の勉強をたくさんしました。ママはしつこいです。でも、本山先生はもっとしつこいです。千円でたくさんの数のものを買う練習や、電車に乗る練習、とにかくしつこく練習ばかりです。お店にも買い物に行きました。僕は電車も乗りました。家でも同じです。メニューを考え、材料をメモして、冷蔵庫を見て足りないものを探して、必要なものを安い店で買います。

ママは言いました。「大地は遊びで買い物が出来ても、やってみないと店で買い物が出来ません」だから、いろんな方法で勉強するそうです。お金の勉強で大きな数の計算や数のまとまりを覚えました。物を買うのにお金を払って、お釣りがくるときとこない時の謎が解けました。

漢字は同じ字をたくさんは書けません。意味がわかりません。だから、交流の宿題はしません。漢字は「下村式」で勉強します。片仮名を合体して覚えていきます。かなり面白いです。でも、どんどん進めてはいけません。二～三回、ゆっくり書く練習をします。大事なのは呪文です。交流みたく何回も同じ漢字は勉強しません。一回でおしまいです。遊びの時は、漢字をどこまでも進んでいいルールです。授業の時は、本山先生が決めた数だけです。時々、本山先生はご褒美で、漢字を休み時間や空き時間にやってくれます。

僕は僕の勉強法があります。でも、交流では同じ方法は出来ません。スイッチを切り替えて、交流モードで勉強します。おひさまと交流では、勉強中のルールも全然違います。僕は合わせるようにします。いつも出来ないことも、みんなと同じことをします。交流は勉強時間にも、休み時間に起きた事件やケンカの話をしたりします。いつもバトルが勃発します。僕にはとても嫌なことです。でも、お友だちの様子を観察すること。そういうときに、どういう気持ちで教室にいるのかを勉強中です。

僕のトレーニング

おひさまに行く前は、ノートの四角の中に字が書けませんでした。字の大きさを同じにするのも難しいでした。真っすぐな線も斜めの線も書けませんでした。ナミナミは今も書けません。五歳の妹が出来ることも、僕は出来ないことがあります。それは、僕は細かいところを見たり、細かい仕事が苦手だからです。だから、細かいものを形や色で分ける練習をしたり、いろんな線を書く練習を毎日します。いっぱいはしません。五分間します。

僕はたくさんの言葉を知っています。でも、使い方が間違っていたり、勘違いが多いそうです。そういうこともトレーニングします。作文みたく書くこともします。書いてあることをやってみたり、書いてあるとおりの顔をしたりもします。

僕は運動のトレーニングをします。僕は筋肉もあるし、力もあります。でも体の使い方がバランス悪いそうです。大事な筋肉も上手に動かせないそうです。栗林先生は「体の動きを意識して動かす」と言いました。

僕はかけっこが出来ませんでした。真っすぐ走れないし、すぐに転びました。今年は隣に先生がつかなくても、運動会で走れるようになりました。

平均台は足をどうしたらいいのかわからないし、怖くて無理でした。でも、テープの上を歩く練習やどこを見て歩くのかも教えてもらいました。学校の平均台が歩けるようになりました。

縄跳びも鉄棒も出来ませんでした。出来ないと友だちに嫌なことを言われます。毎日、練習していたら、友だちが一緒にしてくれるようになりました。最後はママじゃなくて、友だちと練習しました。みんなみたいには出来ないけど、鉄棒や縄跳びが出来るようになりました。

僕はキャッチボールが出来ませんでした。ボールを取ろうと思うといつも空振りして、鼻にぶつかりました。幼稚園のドッチボールで鼻血が出ました。ボールを投げるのもよくわかりません。図書室の本やネットで調べました。勉強したとおりにしても出来ません。

学校が終わったら、みんなは野球に行くことがあります。みんなも上手じゃないけど、大地よりは上手です。下手だと、「今日は来ないで！」と、仲間に入れてもらえません。

本山先生に言いました。そうしたら、先生は「悔しいね。練習するぞ！」と言いました。

僕の目は動くものを追いかけるのが下手くそだと言いました。だから、本山先生はティーバッティングマシーンを作りました。止まっているボールを打って飛ばします。タオルで投げる練習や、ボールをとる練習もしました。少し投げたり、打てるようになったので、野球の試合をしました。ティーバッティングマシーンで空振りしないで、打てました。点が入りました。

僕はサッカーも出来ませんでした。これも出来ないと仲間に入れてもらえません。やっぱり本山先生は「大丈夫だ。特訓だ！」と言いました。蹴る足と蹴らない足をどうやって動かすのかわかりませんでした。ボールは止まっているのに空振りしたりしました。二人で笑いました。今はへなちょこシュートが出来ます。

僕は横に移動するサイドステップが出来ませんでした。すぐに転んでしまいました。S先生と夏休みの学校で特訓しました。S先生は何回も「おかしいな～」と言いながら、色々考えて教えてくれました。ときどき、仕事の合間にM先生やK先生が来ました。「こうしてみたら」と、アドバイスをくれました。一日で出来るようになったので、ご褒美に二人でアイランド（編注：遊具を使った遊び場）を作りました。平均台やポールやフラフープとかいっぱい使って作りました。そして、たくさん遊びました。僕はフラフープや平均台が出来るようになっていたので、先生と楽しめました。

二年生の冬休みはスキーを頑張りました。なぜかというと、一年生の時、スキー授業は悲しい結果だったからです。最初はスキーの靴はロボットの足になったので立てませんでした。家で、スキーの靴を履いたり脱いだりしました。立ったり歩く練習をしてから、学校の授業でやりました。スキー靴にスキーをつけたら、さっぱりわからなくなりました。いつも、先生やほかのお母さんたちにユーフォーキャッチャーのように救出されました。だから、おひさまでスキーで歩く練習をした後は、冬休みは家で頑張りました。毎日、外や公園を歩きました。少しの坂が下りれませんでした。すぐにスキーが重なったり、足が開いて転びました。ハの字にして滑る。Vの字にして上がる練習をしました。止まる練習もしました。体重移動が難しかったです。ママと林檎と苺と四人で、体重移動のダンスを踊りました。スキーで曲がったりできるようになりました。

バランスや体重移動の練習をしました。気が付いたらフラフープが上手になりました。家族の中でナンバー1です。

僕は机のトレーニングも体のトレーニングも上手じゃないけど、好きです。いつも先生と遊びながらします。家では、ママや妹たちとします。大爆笑になって、出来なくなる時があります。しっぽ取りゲームや、洗濯バサミ取りゲームは人気の修行です。これは、自分の体を知るゲームです。体に集中しないと負けます。尻字ゲームも面白いです。お尻を大きく動かして名前を書きます。

苦手な修行

苦手な修行はどっかに行くとか、何か行事とかです。乗り物は好きじゃないです。地下鉄や電車は最悪です。初めての所はママがいないなら、行きたくないです。人がいっぱいも嫌です。外食も嫌いです。入学式も運動会も学芸発表会も休みたいです。でも、僕は小学生だから、小学生は出ないといけません。お出かけやお泊りも出来るようにならないといけません。こういうトレーニングが出来ないと、おひさまでの修行が終わりません。

でも今僕は、自分の布団以外でも寝られるようになりました。前は熱を出したり、パニックになってジジの家にも泊まれませんでした。ジジの家でご飯が食べれませんでした。ジジの家やお友だちの家でご飯を食べて、ゲボを何回もしました。レストランでもゲボをします。場所が違うのが嫌だし、味が違うのも苦手だし、人がいるのも、いろんな音も嫌です。でも、幼稚園や学校で給食やお弁当が食べれるようになりました。敷物をしいて、公園でお弁当が食べられるようになりました。

僕は大きくなるまでに飛行機に乗ります。そして、東京タワーに行きます。お相撲をマス席で見ます。安土城や名古屋城、日本中のお城を見に行きます。最後は沖縄に行きます。首里城を見ます。そして、沖縄の海で遊びます。僕はたくさん写真を撮ります。北海道と沖縄の海は違うかな～空は違うかな～雲は違うかな～。僕は写真を撮りたいです。

学校の修行は一回終わっても毎年あります。運動会も発表会も毎年です。一回で終わればいいのに…と、思います。

春は入学式や卒業式があります。僕が六年生になるまで、主役にはなりません。でも、体育館は変わります。人も大量に来ます。少しいつもと違うことをします。だから、体育館がどんなふうに変わったか確認すると、少し安心しました。何をするのか式次第を見ておくと次に何が始まるのかわかるので、あまり困ったことになりません。

次は運動会が来ます。いつも運動会の日は朝、ゲボをしたり鼻血が止まりません。お腹も痛くなります。いっつも遅刻です。でも、二年生では朝から出られました。運動会はみんな楽しいみたいです。馬鹿なこと言ってふざけたり、大きい声で騒いだりします。僕は緊張しているので、そういうのが嫌なのです。出来れば、そっとしておいてほしいです。だから、静かに一人で準備できる席にしてもらいました。かけっこは「よーいドン！」のピストルが怖いし心配でした。ピストルも我慢できました。今年も一番びりでしたが、付き添いの先生がいなくてもコースを真っすぐ、一回も転ばないで走れました。

走って転ばなくなったので、秋には2キロマラソンも最後まで走りました。運動会はプログラムを見ながら色々考えて準備できたので、パニックになりませんでした。でも、本当は緊張してゲボをしました。お腹も痛かったです。ママの所に行こうと思いました。でも、結構頑張れました。人が大量でした。でも、ヨサコイが踊れました。太鼓の合図や笛の合図も忘れないで覚えていたので間違わないで出来ました。今までみたく、手を掴《つか》まれて引っ張られて無理やり連れて行かれませんでした。

夏の初め、合同宿泊研修会に行きました。はじめて、ママと離れてのお泊り会でした。トロッコに乗ったり、パークゴルフをしたり、花火を初めて手で持ってみました。中学生のお兄ちゃんたちと同じ部屋でした。来年は、違うところに行くそうです。あまり行きたくないです。でも、お泊りも少しずつ練習して、ジジの家やペンションに泊まったりできるようになりました。

最近僕は、修行の成果が出てきたと栗林先生が言いました。パニックになる前に自分のことがわかるようになってきました。それを先生に言えるので、パニックにならないです。ソワソワしているとか、落ち着かない時がわかってきました。僕が心配になっている時です。解説してもらうと安心できます。

話していい時と悪い時が、少しわかるので交流で叱られなくなりました。でも、先生に注目する時や静かにしなくちゃいけない時に、結構みんながいつまでも好き勝手に話をしていたり、自由に何かをしていると、なんだかわからなくなります。

栗林先生は、行事があるたびにどうしてその行事があるのかを説明してくれます。そして、今年の目標を言われます。一緒に決める時もあります。たまに、よくわからない目標もあります。それはたとえば、「サケのふるさと館」に行った時です。魚が見れなくてもしょうがない。お友だちに置いていかれないように、一生懸命後ろをついて歩きなさい。と、言いました。お友だちと一緒に行動できることが目標ですと言いました。大地はサケを見ないで帰ってきました。

でも、その後の週末にまた家族で行ってきました。今度は、ゆっくりサケを見てきました。写真も撮れたし、絵も描いてきました。書いてある看板は全部読めました。メモも出来ました。

でも、大地がそうしている間、ママや妹たちはずっと待っていたそうです。お友だちと一緒の時はそれは出来ないそうです。お友だちは看板や書いていることを見たくないかもしれないからです。待てない人もいるからです。班で動くということは、お友だちと一緒にいるということです。

お出かけだけは嫌です。でも、車もがんばれるようになって、峠も休み休みなら、ガムやジュースを飲んで耳が変にならなかったら、旅行もできます。家族旅行も遠くまで行けました。今年はキャンプに挑戦です。獣やサメのいないところを探そうと思います。

今年は富良野や旭山動物園に行きます。たくさんの花と動物を見てきます。また、研究が出来るといいです。

僕はお出かけやお泊りが嫌だけど、修行のひとつひとつの意味がわかってきたので、楽しいだけじゃなくて、出来た時にうれしい気持ちもわかるようになりました。出来なくても、頑張って体を動かして修行すると脳は発達するそうです。そう考えると、トレーニングの後、脳がプルンプルンしている気がします。

ネジ、クリップ、押しピンの色や形で分けるのが苦手でした。でも、並べるのは好きです。これでたくさん遊びました。絵を描いたりしました。押しピンはさせませんでした。最初は人差し指と中指で挟んで持ちました。持ち方を教えてもらいました。でも、刺さりませんでした。バスタオルにさして、段ボールに昇格しました。段ボールにさすのは気持ちがいいです。

押しピンを人間にして、遊びました。安土城を描いてみました。兵隊にして、整列や二列に変形もしました。色々遊んでよく見ると、すこしの違いがわかってきました。

小さいビーズに穴があることを発見しました。穴にテグスという糸を通して見ました。ルールを決めて通すと、綺麗に見えます。栗林先生のお姉ちゃんにお守りを作りました。先生たちは出来るようになったので、びっくりしました。

僕が嫌だった細かいものを見たり、細かい作業をする仕事。知らないうちに指や手を動かす脳が働いて、正しい字を覚えれるようになって、綺麗な字をノートのマスにかけるようになるそうです。そして、「面倒だな~しつこいな~」って、思っているうちに、ノートに字を書くのが嫌じゃなくなりました。出来なかったいろんなことが出来るようになりました。

大人になったら

僕は遅くても走れるし、ご飯も食べれるので幸せです。一年生の時、同じクラスだった杏ちゃんは頭に管が入っていました。だから、みんなと一緒に勉強したり、遊んだり、あまり出来ませんでした。杏ちゃんは言いました。「私も走りたいな。みんないいね」だから、僕はお医者さんになって治してあげたいと思いました。

でも、どんな仕事でも人の役に立つそうです。僕は出来ることを一生懸命にすればいいです。僕はどんな大人になって…働くのかな～。

もしお店で働いた時には、おいしいものを売ってあげます。何かを作る仕事をしていたら、役に立つものを作ります。学校の先生やお医者さんになれたら、元気をあげられる先生になります。

でも、本当は自閉症の博士になりたいです。困っている人に楽しい修行を教えてあげたいです。僕の知っている博士のように、イケメンの博士になれたらいいです。そしたら、話に来たお友だちに言います。「僕はイケメンの博士でしょ。知っている？　イケメンは食べられないよ」お友だちは僕と同じようにびっくりしてから、大爆笑になると思います。

自閉症を治したいですか？

いろんな博士が研究しているので、自閉症を治すカプセルが出来るかもしれないです。そういうカプセルやクリームが出来たら、お話が出来なくて、寮に入らなくちゃいけないお友だちに塗ってあげたいです。僕には四年生の友だちがいます。お話が出来るようになったら一緒に話しして、お茶しようと思います。

僕は治らなくてもいいです。

僕は結構幸せです。修行も楽しいです。お出かけやお泊りは嫌で、グズグズ言って…栗林先生に、「何を言っても連れて行きます」って、言われちゃうけど…でも、東京タワーやお城も見たいです。お相撲も見てみたいです。そのためには、お出かけが出来なくちゃならないし、個室が予約できないレストランで外食できるようになりたいです。

栗林先生とキャンプに行く約束をしています。浅見さんと東京ラブラブデートをします。日馬富士に「横綱になってください」と、顔を見て言いたいです。

治れば、修行はいらないのかも…それに、色々考えてやってくれるママのことを思うと、治った方がいいかな～でも、ママは前にいいました。「自閉症でも自閉症でなくても、大地はママの子ども」だから、どっちでもいいってこと。

やっぱり大地は自閉症でも別にいいです。大きくなったら治したくなるかも…でも、今は治らなくてもいいくらい楽しいことを忘れないでおこうと思います。

人間は死ぬまで修行するそうです。人間の大地は自閉症でも、自閉症でなくても、考えたり、工夫しながら修行しながら生きていくそうです。大地だけじゃなくて、人間はみんな同じなんだそうです。

栗林先生は、自閉症にはタイプがあって、同じタイプでもみんなそれぞれ違うと言いました。みんな困っていることも違うし、出来ることも違うし、苦手なことも違うそうです。でも、違っていていいそうです。どれが悪くて、どれがいいということはないそうです。

大地は大地の必要なことをいっぱい勉強して、いっぱい遊ぶことが勉強だと言いました。大地が嫌だと思うことも、何回かやってみたらそのうち楽しくて大好きになることもあるそうです。

最近、買い物は楽しいです。プールが嫌いで、体を濡らすのが嫌だったけど、そんなことを知らない先生と遊んでいるうちに水遊びが出来るようになりました。もう、ビショビショになって遊びます。みんなや自分でも「無理」と思っていたことがたくさん出来るようになりました。

もしかしたら、苦手や無理だと思うことも、好きになったり、出来るようになるかもしれません。

栗林先生は「大地はまだまだ変われる謎の男」「変わりたいという気持ちがあれば、まだまだ変われる」と、言いました。

僕は発達する

浅見さんは自閉症の博士と話をしてきて、「体を動かしてするトレーニングや遊びはとても大事な修行」と言いました。「脳は発達する」「体を動かすことで、脳はもっと発達する」と、教えてくれました。

「もういいや」と自分の部屋で一人でずっといるというのは、怠けていること。怠けていると、僕の脳は発達しない。僕は変われない。

でも、栗林先生や博士の言うとおり、修行する前と違います。これは「成長」とか「発達」というそうです。みんなと一緒に修行していれば、ぼくはもっともっと…発達します。

僕は、いつかこのことを忘れて怠けたり、諦めるかもしれない。だから、忘れないように書いておきました。

「僕は発達しました」

大地、小学校二年生の冬

僕の取扱説明書2

はじめに

修行が始まって一年がたちました。七歳だった僕は八歳です。一年が経《た》ったので、最初の見直しをすることにしました。この一年で僕はいろんなミッションをクリアしました。全然だめだった僕は、きっと発達したんだと思います。

僕は、色々確認してみることにしました。「ダメな大地」は結構、頑張《がんば》ったと思います。ずいぶん、お友だちと同じになった気がします。一年前は無理だったことが、今は当たり前に出来るようになっています。

パパは言いました。「できるようになったのは大地の努力が一番。でも、教えてくれた先生やママ。いろんなアドバイスを大勢の人たちにもらったね。みんなに感謝しなくちゃいけない。人は一人では生きていけない。もらった優《やさ》しい気持ちは、他の人に返さないといけない」

だから、きちんと検証しておこうと思います。これは、「僕の取扱説明書2」です。タイトルは「僕は発達しました」です。

髪

一年前▼髪を洗うこと、床屋さんが苦手だった。

今

　苦手だったブラシやシャンプーが気持ち良くなってきました。僕は、一人で頭が洗えるようになりました。ブラシもトゲトゲが嫌《いや》な気分でした。針を頭にさしているようです。ブラシはハリネズミみたいです。

　でも、妹たちはブラシが好きな感じです。僕も手や足などをブラシでスリスリしてみました。僕の手や足には毛がないけど、実験するなら見えている方がいいです。ブラシは結構、いい感じでした。髪にもブラシをしてみました。思ったより悪くない感じです。やってみるとハリネズミではないです。くしはまた少し違った感じだけど、ブラシは気持ちがいいです。

床屋《とこや》も平気になってきました。今は違うお店に変えました。優しいお兄さんです。お兄さんは髪を切る間、ずっとお話しています。髪を切る解説もするけど、話を止めません。バリカンやカミソリもやればたいしたことはありません。

頭

一年前▼ついつい夢中になっちゃう僕だった。

今 量と時間を決めた「予定」「計画」が、僕には大切なことです。でも、「休む」ことも大事だと思うようになりました。できれば、毎日頑張れるのがいいけれど、ぼくは「ちょうどよい」がわからないようです。

　色々やりすぎたり、考えすぎたり、行事が盛りだくさんを「オーバーワーク」というそうです。その時は、思いきって休んでみる方が、あとでいい感じに戻りやすいです。僕はどうしても、頭の中に色々たまっていっぱいになりやすいです。ハリーポッターのダンプルドア先生のように、「憂《うれ》いのふるい」があったら便利ですが、そんなものはないそうです。

だったら、頭が混乱する前に「休む」「忘れる」が、便利な作業です。結構、いい加減でも…あまり困らないこともわかってきました。ピッタリでなくても、だいたい近かったら、いいことが多いようです。これは大きな発見でした。

少し予定が狂っても、気が狂いそうになることがなくなりました。

目と耳

一年前▼働きすぎの目と耳。見たくないものまで見えて、聞きたくないことまで聞こえる。

今

相変わらず僕の目はよく見えます。耳はよく聞こえます。

それはいつもです。でも、気にならないように注意する方法がわかってきました。いちばん簡単なのは、耳塞ぎや目を塞《ふさ》いだりつぶることです。「やばいかも！」と、思った時は、ボリュームを最初から下げておくという方法があります。

それに、気分や体の調子によってうるさく聞こえてしまうこともわかってきました。どんなに頑張ってもうるさい時はうるさいです。

今日はそういう日だと思ったら、「うるさい！」と大声を出す必要はないです。最初から、準備が出来ているとパニックになりません。先生やお友だちに協力してもらえることがわかってきました。

鼻

一年前▼センサーがついている僕の鼻。

今

　僕は、何でも匂いをかぐくせがあるようです。先生たちに「また、匂いを確かめている…」と、言われます。そして、「どうだい。安心したかい？」と聞かれます。少し変な癖です。でも、赤ちゃんはみんな、匂いや感触を鼻や口で確認するそうです。自分の鼻で安全を確認することは悪いことではないそうです。

　でも、人からもらったもの。特に食べ物のにおいは、見つからないようにかいだ方がいいそうです。相手の人が気分を悪くするからです。いい匂いの時は「いい匂いだね」と、思ったことを言うと喜んでくれます。

注意が必要なのは、人間の匂いをかいじゃいけないことです。人の匂いをかぐのは失礼なことです。特に女の人の匂いはいい匂いですが、かいじゃ駄目です。たまに「いい匂いがするね」というと、「ほれ！」と言って、髪の匂いをかがせてくれる人がいます。でも、間違ったら困るので断ることにしました。

口

一年前▼おしゃべりしすぎるのに、言いたいことが言えないことがある。

今

お話が好きなので、よく失敗します。でも、「時と場所を考える」ということを勉強しました。授業中や発表会では、聞かれた時だけに答えるのが失敗を減らす作戦になります。これを守っただけで、叱られることがずいぶん減りました。声の大きさも重要だということに気がつきました。小さい声で話したくても、大きな声が出ちゃうので自分でもびっくりします。だから、「あのね」って、声を出してみてから調整する技《わざ》を発見しました。

自分の声を聞いてから、続きのお話はボリュームを調整します。でも、興奮《こうふん》していたり、周りがうるさいとよくわかりません。その時は、「これくらいで大丈夫？」と聞くようにしています。

間違って話しだしてしまうことはやっぱりあります。「今は何の時間ですか？」「今は何をしないといけないですか？」トレーニングをしてから、途中で「ヤバイ！」と、気がつくようになりました。気がついたら、やめられるようになるまで時間がかかりましたが、だいぶ出来るようになりました。

手・指

一年前▼僕の体の中で一番の怠け者。

今

細《こま》かい所まで見えていなくて、細かい作業が出来ない手です。学校や家でずいぶんトレーニングをしました。

たとえば、ものさしのメモリが見えませんでした。そして、スタートにものさしを合わせるのが大変でした。

最初は出来ないこともわかっていませんでした。でも、出来ないことがわかって、出来ないところが見えてきました。トレーニングもうまく出来るようになってきました。

「どうせ出来ない！」って、思うと本当に出来ません。でも、落ち着いて見られるようになると、僕の目や手はグレードアップしました。

ビーズ細工《ざいく》や木工細工に挑戦しました。まだまだ、うまくいかなくてイラっとします。悔《くや》しくて涙が出てきます。でも、ビーズにテグスを通して作品が出来ると嬉《うれ》しいです。出来ることより、少し難しいことに挑戦するのがわくわくです。漢字が前より美しいと思うようになりました。

足

一年前▼手の次に怠け者。すぐ痛くなる。爪を切るのが痛い。

今

　爪切りは慣《な》れません。特に足は怖いです。

でも最近は、足があまり痛くなくなりました。前より長く歩けるようになってきました。この一年間は、僕の足は大活躍です。まず、走れるようになりました。僕は走るのが嫌いでした。すぐに転ぶし、思った所に走れないからです。

　本山先生は足を上げて走る練習をしてくれました。後ろに足を蹴る練習をしました。相変わらず、走っても遅いです。もう、自分でもガッカリです。でも、頑張ればもう少し走れるようになるそうです。走れるようになったので、歩くのもあまり考えなくてもよくなったのかもしれません。

次に横移動が出来るようになりました。棒を踏み越えて、横に移動する練習で足がわかってくれたようです。これが出来るとダンスや歌の時にステップが踏めるようになりました。

ケンパが出来るようになりました。ケンステップが下手くそで、いつもの右を左の足に変えるとわけがわからなくなります。でも、とりあえずは出来るようになりました。

次は高い所からの飛び降りです。着地が「パタパタ」って音で、片足ずつ下りていると言われました。玄関や公園で練習しました。ベンチくらいの高さなら、両足着地がかっこよく決まります。

スキーも頑張りました。僕の足は結構努力家です。

でも、大事な欠点が見つかりました。僕は足に大きな火傷《やけど》をしました。火傷をした日は痛かったけど、その後は、火傷の痛いのを忘れて、グチャグチャになってしまうことがありました。包帯が取れても、血が出て汚れているのに気がつかないです。ママは言いました。「痛いことに気がつかない足かもしれないよ。お風呂で足を洗う時は、目で見て確認。手で触って確認しなさい。自分の足は自分で守りなさい」

火傷を守るために、レッグウォーマーをしました。これで、火傷していることを忘れないように注意しなさいということです。でも、僕はなかなかわからなくて、忘れてしまいました。

火傷は大変でしたが、いいことがわかりました。足は大事なので、守っていこうと思います。

服

一年前▼寒さ・暑さによって着る服を決めるのが難しい

今

服の失敗はだいぶ減ったと思います。それは洗濯物を畳《たた》んでからです。薄《うす》い服と厚《あつ》い服の違いがわかってきました。だから、洗濯物を畳んだら分ける仕事が出来るようになりました。

用意しても着ていくのを忘れることがあります。それは「管理の問題」とママは言いました。自分が失敗したかどうかわかるためには、失敗してみることも大事だと言いました。

新しい修行です。今度は自分の服を管理することです。まずは学校から始めるそうです。服・ズボン・パンツ・靴下・シャツを家と同じように分けてしまいます。タンスはないので、袋に入れるようにするそうです。家では練習が始まりました。そこから使ったら、必要な分を家から持って行って補充《ほじゅう》します。

自分のものを管理する仕事でもあります。でも、こういうことが出来ないと大人になって働く時に困るそうです。「必要なものはなくなったら補充する」ことを勉強することになりました。

食べる

一年前▼「お腹いっぱい」がわからないので食べ過ぎに注意。

今

カロリー計算の勉強をしました。少し計算できるようになりました。でも、とても面倒です。だから、おやつは食べないようにしました。そしたら、夕御飯のあとに食べ過ぎて具合が悪くなることがなくなりました。

大皿からとるおかずは、お皿を決めることにしました。いつも同じようにお皿に入れれば食べ過ぎは減ります。食べる失敗はなくなったと思います。でも、相変わらずおデブです。運動も大事ということです。

僕は食べられなかった魚が食べれるようになりました。それは「サケ」の勉強をしたからです。食べるというのは命をいただきますということ。だから、「いただきます」と挨拶《あいさつ》して食べるそうです。お皿に乗っているサケに感謝して、おいしくいただくように努力しています。食べれば結構、おいしいです。魚に骨があるのは当たり前。面倒でも、骨を箸《はし》でとって食べます。

おしっこ・うんち

一年前▼ぎりぎりになるまでおしっこがわからない。

今

お尻を出さないでおしっこするには時間がかかりました。最初のころはうまくいかなくて、ずいぶんパンツやズボンを汚しました。恥ずかしいですが、今も慌《あわ》てると汚してしまいます。学校はいつでもトイレに行けません。それに遊んでいると、トイレに行っておくことを忘れてしまいます。そうすると、チンチンの出し方が悪くて失敗したり、おしっこをする方向が悪くて失敗します。

忘れないで慌てないように気をつけるのが一番です。おしっこが終わった時もです。次のことを気にしたり、遊ぶことばかり考えているとシャツが出ています。ダラシナイ人と思われないようにします。まだまだ修行が足りません。

登校・下校

一年前▼歩くのが嫌い。色々なものに気を取られて気づくと遅刻している。

今

僕の目標は「自立登校！」気分が乗らなくても、天気が悪くても…僕は遅刻しないように学校に行きます。

僕の仕事は「毎日学校に通うこと」パパに宣言しました。小さなことにくじけない。学校にきちんと通える強い男になります。学校に通うのは小学生は当たり前のことです。「もう、行きたくない」と泣いて、ママを困らせることはやめました。

栗林先生と約束しました。帰りも自分で帰る。嫌なことを思い出して、くよくよ泣かないようにする。そのためには、学校の問題は学校の中だけで解決する。もう、何回もくじけそうになります。結構、情けない状態も多いです。

問題は朝起きてから、起動するまでに時間がかかり過ぎることです。僕は起動した時間が起きた時間だと思うようにしています。起動するまでの時間を短くしないといけません。それが三年生の目標です。

学校

一年前▼僕をモデルチェンジするのは、僕一人ではできない。

今

僕は、学校でパニックにならないようにしています。困ったことを本山先生に言えることが大事です。最初はなかなか言えませんでした。どうやって話をしたらいいのかわからないでした。一番は、僕は何に困っているのかがわからないからです。そして、本当に困っているかどうかがわからないからです。家に帰って考えると、とっても困ってきます。そしたら家でパニックです。

本当に困った時に自分がどうなるのかわからない時は、変だということを言ったらいいことがわかりました。「ソワソワする」とか「落ち着かない」とかです。段ボールハウスでまったりしてもスイッチを入れ替えられない時は、みんなに教えてもらうのが一番です。「もうすぐ学芸発表会で時間割が変更になっているからだよ」とか、「行事が続いて疲れてきたね」と言われると軌道修正《きどうしゅうせい》できます。

でも、僕には理由がわかることもあります。それは本山先生がいないことです。本山先生が病気で休んだので僕も休もうとしました。でも、大地は病気じゃないので、学校に行かないといけませんでした。その理由がわからなくて、大事な一日を無駄にしました。

本山先生がいなくても、キチンでやるべきことをするのが僕の仕事です。栗林先生は「わかってくれてよかった」と言いました。

それでも、本山先生がいない日が続くと頑張って耐えても気が狂いそうになってお腹が痛くなります。なんだか魂《たましい》が抜けかけて、勉強したいのに、座っていられなくなりました。本山先生はスキーに行っても帰ってきます。忘れないで、いつもと同じように頑張れる人になりたいです。

交流学級

一年前▼国語・給食・帰りの会は交流学級に参加。大きな声を出したくても絵カードで我慢して出さないのが修行。

今

僕は交流で勉強が出来なくてはいけない人です。いつまでも、おひさまにいられません。まだ、修行は終わっていません。だから、すぐに帰りません。でも、交流で頑張れる人にならないといけないです。

交流で勉強するのは、国語とか算数だけじゃないです。

「みんなで～する」

これを勉強します。先生の話を聞いて指示されたことをみんなですること。みんなと同じに出来ること。みんなはどうしているかな？

自分は何をしていたかな？　と、考えられるようになることです。

交流で困った時に、先生に言えるようになることです。

三年生はクラス替えがあります。先生も変わります。みんなグチャグチャになって違うようでも変わっていないのです。変わらない気持ちで先生やお友だちと勉強できるようになりたいです。

耳が音でいっぱいになっても、結構我慢《がまん》が出来ることがわかってきました。

家

一年前▼家でもスケジュールを守る。

今

学校が終わって家に帰る時は、学校の嫌なことは持って帰らないようにします。悪いことを何度も思い出さない方が楽しいことばかり頭に残るからです。嫌なことでも解決したことは消去した方がいいのです。

家では何でも思い通りにはいかないです。僕には妹がいます。ママは僕だけのものじゃないです。それに邪魔をされたり、壊《こわ》されたり、しつこくくっついてきます。どこで何をしてもついてきます。我慢できない時は、自分の部屋に行きます。静かに音楽を聴いて、好きなことをしています。復活出来たら、また一緒に遊んであげます。妹に負けても、悔しくても、いつか同じように出来るようになるので、いつまでも泣いてばかりはいません。必ず追いつけると信じて努力します。

家ではルールがあります。ルールはどの家も違います。遊びに行ったら、自分の家のルールとそこの家のルールも守ります。

パパやママの考えも違います。パパやママは親です。親の仕事は子どもを育てること。学校に行かせることとなんだそうです。それは、法律で決まっているそうです。親はお金を子どもにあげる人ではありません。必要なものは買ってくれるそうです。大切なものは、家族で相談をしてから買うそうです。お金がほしいなら、働かないともらえません。

僕はほしいものがあります。僕は大きくなって売れ残ったハムスターがほしいです。だから、働くことにしました。お手伝い1回10円です。たまったお金でハムスターを買いました。

親はいろんな考え方で子どもを育てるそうです。人の家を羨《うらや》ましく思ったり、変な家だと思ってはいけません。文句をつけてはいけません。どの家にもルールがあって、家族で協力しているので、人の家のことはどうでもいいことです。

僕はパパとママの子どもでよかったです。何でも家族会議で決めて、困ったことはみんなで協力して一緒に頑張るのはいいことだと思います。

パニック

一年前▼頑張れなくなると「わ〜！」となる。

今 「わ〜！」は、パニックだとわかりました。家で僕がパニックになると、泣いて、叫んで、暴れるので…いろんな物を壊してしまいます。ママが怪我をしてしまいます。暴れている僕を見て、妹たちも泣くそうです。近所の人が心配して見に来ます。僕がパニックになったら、家の中はもうメチャクチャです。でも、一回も怒られたことはありません。でも、一回だけママが泣いているのを見ました。ママは一人で片付けるので、終わるまでそこで見ていなさいと言います。

パニックになってしまったら、ママは僕を止めることが出来ないのが悲しいそうです。僕はパニックの時、自分がしてしまったことがわかりません。

僕は、パニックにならないようにします。

心配なことは相談することが大事です。いろんな人に聞くようにしています。時々、「考えるから、待っていてね」と、言われますがいろんな人に聞きます。そして、解決できるようにします。

僕は、よくわかっていないのに怖いと思うことがあります。映画館に入ったことがないのに、ものすごい光が出るのに部屋は暗くて、人が大量にいて、音は耳が痛くなるほど大きくて…僕は映画なんか見に行ったら、パニックになって死んでしまうと思いました。「想像できないから怖い」と、思いました。だから、考えられない。

想像できないと、泣きました。でも、ママは言いました。「行ったことのない映画館がどんな所か知らないのに、自分で怖い所に想像して作っているんだよ。行って怖い思いをしないと、何が怖いのかはわからない」

社会見学で行くＪＲタワーが怖いと言った時も、「高いのが嫌で上ったことのない人が、高いのは怖いってなんでわかるの？　ガラスは本当に割れるの？　床がない所に上がるの？　行ってみて何が怖いのかわからないうちは、作戦なんて考えられません。勇気が必要です。楽しいことを一つ見つけて、それを目標に行ってきなさい」と言いました。なるほど…と、思いました。それでも、怖い感じはします。

何が怖いのかを確認しないと、作戦は出来ません。もう、泣くのはやめました。栗林先生も高い所が苦手なんだそうです。運動会も嫌いなんだそうです。でも、楽しめるコツを知っているから飛行機にも乗れるし、高い所から見る景色は素敵だと教えてくれました。僕は、色々想像して自分で怖いものだと思っているかもしれません。チャレンジして研究が必要なようです。

パニックにならないためには、僕は努力が必要です。僕はスイッチをオンにすることとオフにすることを覚えました。考える必要のない時はオフにします。考える時間だけオンにして、家で困った時はママと相談します。学校で困った時は、先生に相談します。スイッチがうまくいかない時は、自分の部屋に入ったり、学校では段ボールハウスで軌道修正します。

人が集まる時、緊張して頑張れない時は、机の下に潜ることにしました。静かに気持ちをスイッチします。長い時間は駄目です。短い時間で出来るようにしています。

いくら努力しても、小さいパニックを起こしてしまいます。わからなくなって、混乱してわんわん泣きます。でも、ママはこんなのはパニックのうちに入らないと言いました。大地ぐらいの小さい子はまだ、混乱して泣くのは当たり前のことなんだそうです。

お風呂

僕は男です。八歳は大人になるための準備が始まっています。だから女の人とはお風呂に入ってはいけません。温泉に行って女風呂に入っている時に、女の子のお友だちに会ったら大変なことになります。

僕はさみしくても、一人で男風呂に入らなくてはいけません。だから、お風呂に一人で入る練習をしました。

僕はお風呂が大好きです。気持ちいいし、暖かいし、ホックりします。でも、体が濡れるのは好きじゃないです。お風呂の中は酸素が少なくて息苦しいです。それなのに、肩までお湯に入ると息をするのが大変です。

僕はお風呂が好きでも、長くいることは出来ません。酸素が足りなくて、倒れてしまいます。

お風呂で一人で出来るには手順を覚える必要があります。

〈お風呂の入り方〉

①お風呂に入る準備をする。着替え、バスタオル、タオルを用意する。決められた場所に置く。

②お風呂に入ったら、かけ湯をする。足からかけて、体全体にお湯をかける。チンチンとお尻はちゃんと洗う。

③お湯に入って温まる。時間がもったいないので、九九の練習をしたり、学校で歌う歌を練習したり、漢字の呪文を確認します。

④次は洗います。上から下へ向かって洗う。先っちょから心臓に向かって洗うのがルール。

⑤頭を洗う。
⑥体を洗う。首、手、足、体、最後はチンチンとお尻を洗う。
⑦もう一回温まってから出る。でも、苦しくて温まれないことが多いです。

最近は、大大大博士（編注：精神科医の神田橋條治氏）から教えてもらった方法を実験中です。なんとお風呂に焼酎を入れています。これで、嫌なことを忘れることが出来るそうです。それと、焼酎は血行を良くするので、体が温まって、寒い冬で入らないスイッチが入りやすくなるとママは言いました。

できるだけ、ご飯の前にお風呂に入るように予定を変えました。お風呂に入ってすぐは、なかなか眠れません。お風呂から出て三時間くらいたっている方が、寝るときに困りません。

温泉に行くと、露天風呂が気持ちいいです。雪の中の露天風呂は良い酸素が指の先まで行きます。体も気分も絶好調になります。ゆっくり休み休み入ります。出張でパパがいないことが多いので、温泉に行く時はママと妹たちと行くことになります。栗林先生は、「温泉が気持ちいいなら、練習しないと駄目だね。自信を持って入れるようになるまで、先生は何回でも大地に付き合うよ」と言いました。

大地は栗林先生がいなくても、お風呂ぐらいは出来るようになろうと思いました。それに栗林先生は「わからない時は知らないおじさんにでも聞いてごらん。一人で頑張って偉いねって、いろいろ教えてくれるよ」と、言いました。

栗林先生とキャンプに行ったときに一緒に温泉に行けるといいです。身支度や、お風呂のルールが守れたら、栗林先生は「頑張ったね」って言うかもしれません。一緒に露天風呂に入ろうと思います。

男と女

世の中には男と女がいるそうです。チンチンがないのが女の子です。女の子はチンチンの代わりに、大事な仕事をする役割があるそうです。それは、赤ちゃんを産むことです。女の子のお腹の中には、赤ちゃんが生まれる準備をする部屋があるそうです。だから、女の子の体はとても大事で、男の子は女の子を守る役割があるそうです。
女の子のお腹に乗ったり、キックしてはいけません。
僕は男の子なので、お腹の大きいおばさんを見たら、ぶつからないように気をつけます。ドアを開けてあげたり、買い物とかでは道を開けてあげます。赤ちゃんが入っているお腹をぶつけないように注意しないといけません。

交流に行くと、女の子は女の子でコソコソで話をして、男の子は男だけで騒いでいることが多くなりました。休み時間は、「大地君は男の子だから今日は駄目」とか「男だけで行こうぜ！」って、走っていくことが多くなりました。どうしてそうなっちゃうのかわかりません。

ママは言いました。「みんなは少しずつ大人になる準備が始まったんだね。男同士ならいい。女同士ならいい。少し、恥ずかしい…ということをみんな覚えてきたんだよ。男の子には男の子だけの秘密があって、楽しみがある。女の子には女の子だけの秘密があって、楽しみがある」と言いました。仲間外れやいじめじゃなくて、こっそり楽しみたいことがあるそうです。それでも友だちなんです。

大地は男と女の違いはわかります。でも、わからなくなることもあります。男なのに、化粧をして女みたいにおっぱいがあって…本当に女みたいだけど、女には見えない人がいっぱいいます。男のかっこうなのに女みたいな話し方で、なんだかクニャクニャしている人もいます。

僕はよくわかりません。見ているうちに気持ちが悪くなって、頭が変になりそうです。本当は心が女なのに、神様が間違って男に生まれてきてしまった人がいるそうです。でも、そのまちがいは僕には難しすぎます。テレビに出てきたら、見ないようにしています。

僕は女の子じゃないけど、女の子と遊ぶのは結構好きです。女の子とゆっくり遊ぶのは、マッタリできます。あんまり乱暴もしないので、バトルも少なくていいです。

でも男同士で遊ぶのも楽しいです。僕も、自転車で探検に行ったりします。雪合戦したり、基地を作って遊びます。大人になるのは、ややこしや～だと思います。

学校で着替えをする時、暑くなった時に注意が必要になりました。男のシャツや裸《はだか》を見るのが嫌な女の子がいるからです。服が濡《ぬ》れるのは気持ちが悪いです。でも、どこでも服を脱いではいけません。見えないところで着替えをするようにします。

僕には二人の妹がいます。妹にチンチンを見せることがないように、注意が必要になってきました。家でも学校でも、気をつけないといけません。「それくらいいいじゃない」と言ってくれる人がいますが、普段から気をつけてちゃんとしておくとは大事なことだと栗林先生は言いました。

僕は結構怠けもので、結構だらしがないので、それぐらい気をつけている方がちょうどよいそうです。

人

世の中にはたくさんの人がいます。人は一人では生きていけないそうです。いろんな人とうまく付き合っていかないといけないそうです。ママは「僕はみんなと違うな～と思いながら、おじいちゃんになっていくよ」と、言いました。そして、周りの人からも「なんだか変わっている」と、これからも言われるよと言いました。人はみんな違っていいので、そんなことは気にしなくてもいいそうです。

大地が注意が必要なのは、「人に迷惑をかけない」ということです。失敗は仕方がないけど、相手はどんな気持ちなんだろうと考えることが大事だと教えてもらいました。とても難しいので、もっともっと勉強しないといけないそうです。でも、相手を嫌な気持ちにさせないように注意することは大事なんだそうです。

ママは言いました。「この世の中に必要ない人はいない。どんな人にも、生きていく上で役割がある」

僕の周りには、お話の出来ない人や、自分で歩けない人や、いろんな障害の人がいます。障害を持ったお友だちはみんなと同じことは出来ないかもしれないけど、その子にしか出来ない役割があるそうです。

僕は障害があるかもしれません。でも、みんなと同じように手も足も口も、ちゃんと働く人は神様からもらった役割のほかに人間としての役割があるそうです。

小学二年生の僕は、学校に通います。勉強をします。お友だちと遊びます。体をたくさん動かします。お日さまパワーをいっぱいもらいます。小さい子に優しくします。僕より弱い人にやさしくします。困ったお友だちを助けてあげます。お家のお手伝いをします。障害あるかもしれない僕は、トレーニングをします。これが僕の人間としての役割です。

大人になったら、今一緒に勉強しているお友だちの中には、人に助けてもらいながら役割を果たす人もいるそうです。僕は人と協力して社会を作る役割があるそうです。障害があるから助けてもらいたいと考えてはいけません。出来ることは自分で出来るように努力や工夫する大人になります。

書くということ

僕は、わかったことは忘れたくないです。よくわからないことで、ずいぶん叱られて、ずいぶんいやな気持になりました。僕は混乱しました。僕はこんな世の中は嫌だと思っていました。でも、だんだん僕を助けてくれる人が増えました。守ってくれる人が増えました。わかるように教えてくれる人が増えました。

教えてもらったことや、わかったことは書いておきます。僕は鉛筆で書くのが苦手です。ＰＣでまとめます。たくさんメモをして、それをまとめます。でも、ＰＣもとても遅いです。何カ月もかけて書きます。これは自分のために書いています。でも、他の人の役に立つと言ってくれる人がいたので、他の人たちにも配ることにしました。そして、本にもなりました。

本になったら、サインが欲しいという人がいました。僕はアイドルじゃないのでサインは書きません。僕が大人になって給料をもらえるようになったら、目標達成でサインをしてもいいかもしれません。その時は、自分で本に「合格」って、書こうと思っています。

だから、サインは頼まないでください。

本を書いて出すのは簡単なんだそうです。本を買った人の方が偉いそうです。それに、僕は自分のために書いています。博士ではありません。全員のためになるわけじゃないです。便利に使えない人は買わない方がいいです。本になってもならなくても、僕にはあまり関係はありません。

僕は自分のためにこれからも書きます。できたら、栗林先生や浅見さんや自閉症の博士に読んでもらおうと思っています。僕の発達したところがわかると教えてもらえるからです。僕の新しい修行のヒントになるからです。そして新しい作戦を教えてもらえるからです。

僕は本の博士と知り合って、自閉症の博士がたくさんいることや、自閉症でも頑張ってみんなで協力して社会を作っている人のことを聞きました。僕が困ると、いつも栗林先生とママが助けてくれました。今は、日本中のいろんな人がいろんなことを教えてくれます。

僕だけじゃなくて、困っていることをいっぱい持っている人がいて、みんないろんな修行でクリアしてきたとわかりました。

おわりに

僕は大人になる準備に少しずつ向かっています。出来ることも完成度を上げようと言われました。それにはやっぱり、細かいことをていねいに、ゆっくり出来る努力が必要です。それと確認です。

僕は「いきていくためのじゅつ」を勉強すると思っていました。じゅつじゃなくてすべてでした。コツコツ頑張ってミッションをクリアすることは変わりないそうです。

一年後、僕はどんな男に変身しているかな？　だんだんオトナになるのが楽しみです。

診断・告知

四月になって、確定診断をもらう

大地、二年生から三年生への春休みに検査を受ける

★大地→浅見へのメール　4月16日

北海道はまだ寒いです。雪が降ったりしています。東京も寒いそうですね。

でも、花粉症が少なくてよかったです。北海道はあまり花粉症の人はいないそうです。

今日は児童相談所で医者に会ってきました。診断がつきました。

まだママは教えてくれません。大事な条件があると言いました。

はっきり言って脅迫です。あとで栗林先生がメールで教えてくれます。

また自閉症のグレーゾーンなら怒っちゃいますけど…たぶん、高機能自閉症かアスペルガーだと思います。

どっちでもいいです。あとは一年生の時の約束を忘れないことです。

出来ないことを自閉症のせいにしたら大地は失格ですから。栗林先生が泣きながら教えてくれたことです。

僕に診断が出た

僕はどうしてみんなと違うのかが不思議でした。その原因がとても知りたいと思いました。色々調べに行きました。「自閉症グレー」と言われたことがありました。それはずっと小さい時です。でも覚えています。あんまり小さいので調べることを知りませんでした。それに、僕が本当にそうかどうかは難しいことでした。

でもおひさまに行くことに決めて、嫌なことを言われたりいろいろ悪く言われたので少しだけ考えました。それから特別支援学級って何？　って、思いました。それとそこで「自閉症」って言葉を紙で見て、医者が前に言った「自閉症グレー」を思い出しました。

それで僕は色々調べました。大体は本です。子ども用の本はたくさんあります。ネットや専門の本は難しいのでびっくりしました。

学校で、自閉症のお友だちがいた時に読む本のシリーズをみつけて読みました。本屋さんや病院にあります。他にもどこかの待合室にありました。

それからネットでいろいろ調べたら「アスペルガー」をみつけました。僕はこれだと思いました。それでパパやママや栗林先生にしつこく聞きました。でも、みんなは医者じゃないのではっきりは決められませんでした。

それから、自閉症の先生や博士に会いました。そこで結果が出ました。診断は今はつけないという結果です。いつでも診断は出来るけど、何も変わらないので必要がないということでした。原因がわかったら解決できることと解決できないことがある。そういうことです。僕も今はいらないかな～と思うようになりました。

三年生を前に事態は急に変わりました。パパとママは面白いことを考え始めました。それは、家の中や家族だけじゃなくてもっといろんなところに行ったり、新しいことに挑戦したり、ママ以外の人と頑張る練習です。

でも、結構うまくいかないものです。本当にあちこちから僕は断られてしまいました。理由は簡単です。障害があるからです。僕を仲間には入れられないとか、責任が持てないとか、よくわからないので対応できないとかでした。でも、障害があっても、障害がある人のためのものは入れてもらえません。それは療育手帳がないからです。それで、療育手帳をもらおう！　作戦がスタートしました。

でも、僕は普通に勉強が出来るので少し無理っぽかったです。「障害者」は身体障害という体の障害の人。それから知的障害とか精神障害とかです。僕はどこにも入らないけど障害があるらしいです。本当に都合が悪い。療育手帳をもらっても特別に認められるとかでした。それでも家族会議で挑戦することに決めました。それで、「児童相談所」に行きました。

建物は外から見ると普通です。でも中は警察みたいでした。玄関には「児童虐待」のポスターが貼ってありました。それに廊下が長くて、後はいくつかの部屋に入るドアだけです。取調室みたいです。ドアを開けると中は、ソファーがある部屋やプレイルームがあって普通でした。そこでテストをしました。もう何回もしているやつです。それから、医者に会う必要があると言われました。僕はピンときました。診断がつくということです。結構、勇気を出してママに聞きました。ママはあっさりと「そうだよ。診断がつくよ」と言いました。

なんだかね。不思議ですけど、あんまり僕はなんとも感じませんでした。おそらく僕が今、幸せだからだと思います。修行は超楽しいです。それに、修行の効果を自分でもわかっています。これが一番嬉しいです。パニックになるということは苦しいことですから。それからその後の家はひどいもんです。災害にでもあったようです。最近はパニックにならないし、学校も休んでいません。自分で言うのは恥ずかしいですけど…いい感じで毎日がやってきます。

児童相談所には二回行きました。一回目は発達のテストと取調べをしました。今までも何回もしているテストです。担当の先生は「まじめだな〜!」と、何回か言いました。発達のテストをするといつもどの先生も同じことを言います。とても面倒なテストなので、ていねいにします。それから取調べでした。学校は楽しいとか、うるさいので耳と頭が困っているとか、爪が伸びてきているけど爪切りは痛いのでなかなか勇気が出ないと話しました。ママは別な先生から取調べを受けました。どんな話をしたのか聞きました。生まれてから今までの様子を話したそうです。それからママもテストをしたそうです。大地が自分のことをどれくらいできるのかを答えたそうです。

二回目は医者に会いに行きました。医者は学校の名前や今度は何年生になるかとか聞きました。でも、その後は機械のことを質問しました。すごく大きくてカッコいい機械がありました。何に使うのかは不明です。持主は北海道なので触ることが出来ませんでした。その後はママだけが話を聞いたようです。そして診断を聞いたようです。

ですから、診断が必要なのは児童相談所で僕にはそんなには重要ではなかったということです。それでも、知りたい気持ちはあります。自分のことですから。結果は栗林先生から聞くことになりました。僕はメールで教えてもらいました。メールには「アスペルガー」と書いてありました。それから大事な約束も書いてありました。それは、「僕は自閉症なの？アスペルガーなの？」って、パパやママや栗林先生をずいぶんやってしまった時に言われたことです。メールは何回も読みなおしました。色々考えました。

正直言うと、ママはすごいと思いました。医者がはっきりしないうちから、ちゃんと見抜いて僕に修行をしてくれたことはラッキーでした。おひさまで勉強すると決めた時、自閉症の博士に会った時。必要なこと、必要じゃないこと、これから大事なことをみんなで教えてくれたことは僕に役に立ちました。

僕は周りの人がウソつきでなくてよかったと思いました。ごまかす人たちでなくてよかったと思いました。実はこれで、アスペルガーでも広汎性発達障害でも、高機能自閉症でもなかったら、僕は困ったことになるぞと思っていました。だからこれでよかった。計算通りだと思いました。

ママに「大地は自閉症じゃない方がいいでしょ?」って聞いたことがあります。ママは「たぶん自閉症の大地しか知らないので、他の大地だと大地かどうかわからなくなる」と言いました。僕も今はそういう気持ちです。今更オートマの体だと、突然ギアが入って鼻血が止まらなくなりそうです。

診断がついても革命は起きませんでした。本当にいつもと何も変わりませんでした。相変わらず箸が下手くそでも、その日のご飯もおいしく食べられたことは幸せなことでした。お風呂で息が苦しくなるのも同じでした。ママのスリスリも気持ちがいいし、ブラシもいい感じです。僕は一生懸命に生きようと思いました。それでも、結構怠けものなのでゴロゴロしちゃいますけど…。

僕は反抗期です

　このごろは、パパやママがうるさいと思う。別に何も言っていないのにうるさいと思う時があります。雨が降ったり、体が朝から動かないとか、用意していたのに忘れ物しちゃったとか…何でもママのせいにしちゃっています。そういうくだらないことでママを怒っています。学校でも同じです。結構、栗林先生にもいらっと来ます。「また怒っているよ。そんなの知っているよ」って気持ちになります。

　先生もママも「相手にしていないよ」って顔でした。でも、ママが反撃してきました。「雨が降ったのはママのせいじゃありません。今は大地は何でも腹が立つようですね。それはママのせいでも大地のせいでもありません。それは、反抗期のせいです。今は三歳の苺が反抗期。五歳の林檎も反抗期。大地も反抗期です。反抗期は大人に向かってみんなにやってきます。悪いことではありません。でも、たまにはママにも優しくしてください」と、言いました。

　大地は大笑いしました。イラっとくるのは反抗期のせいなんだと思いました。大地が怒りん坊になったわけではなかったようです。新しい障害かと心配していました。

★大地ママから浅見へのメール　4月17日

大地へは今朝、栗林先生からのメールで告知しました。

今日は参観日で休日登校日でした。朝、色々私と主人とで話をしました。

アスペルガーと聞いて大地の第一声が「計算通りだね。そんなことは知っていたよ」でした。

それで、ママとパパはどう？　ショックでガッカリだった？　と、聞いてきました。

栗林先生にも「ショックでしょ？」と聞いたみたいです。

大地は「普通、子どもに病気や障害があれば、そんなはずはない。何かの間違いだって悲しい気持ちになって泣くでしょ」と、周囲の様子が納得いかないようでした。

一日がかりで、大地の疑問に付き合いました。診断が必要だったのは、市役所の人で栗林先生やママにはどうでもいいこと。

どんな診断が出ようと、必要な修行は一歳からしているのだから、何も今から慌てる必要はない。先生やママたちにとっても計算通りだよと話しました。

意外にあっさり落ち着いたものです。

「人にアスペルガーだと言わない。アスペルガーを言い訳にしない」

これだけは守ります。と何回も繰り返していました。

★大地→浅見へのメール　4月18日

おはようございます。浅見さんは元気ですか？

大地はなんと…アスペルガー症候群と、診断が出ました。

パパもママも先生も最初は変な感じに思いました。

普通子どもに病気や障害があったら、「どうしてそんなことになったの。何かの間違いよ」とか「これは夢なのよ」とか言って泣いちゃうもんでしょ。

そしたら子どもは「こんな僕でごめんね」とか「障害があってごめんね」とか謝るものでしょ。

でも、みんなはあんまり反応はないでした。びっくりでもないし、悲しいでもないし、「はい。はい」って感じです。

いっぱい話をしたらわかりましたけど。大地と同じ気持ちでした。

もうわかっていたことだし、診断を必要じゃなかったから重要じゃなかったということです。「そんなことは知っていたよ。はい。はい」って感じです。

遠いところまで二回も行ったのに…考えてみたら当たり前のことだっただけです。でも、大地としてもいいこともありました。今度は本とかと比べて違うことを、栗林先生に聞いてみてもいいということです。

それをうまくスイッチしたり、つらいのをとるための方法を聞いてもいいということです。

大大大博士や岩永先生に聞いてもいいとも言いました。大地がアスペルガーと仲良くしていける方法はいろいろ試した方がいいですから便利です。

栗林先生から大地への告知

大地へ

栗林先生は医者じゃないので、大地を診断することができませんでした。
正しい言い方をすると、
医者じゃないので、診断してはいけないのです。

でも、栗林先生が考えていた通りに、児童相談所の医者は診断しました。
大地は「アスペルガー症候群」という診断を受けました。

大地は「ぼく、アスペルガーかもしれない。」という本を作ったから、
アスペルガーのことを自分のことと考えるのは難しくないでしょう。
「やっぱり〜」と、すっきりするのかな。

でもね、大地のようにすっきりする人の他に、
困ってしまう人、悲しくなってしまう人、腹が立ってしまう人、自慢する人、
色々な人がいるんです。

大地は自分がアスペルガーだとわかっても、
誰かのことを「君もアスペルガーかもしれないよ」とか、
「君も僕とおんなじだね」とか、
自分以外の人にアスペルガーという名前を使ってはいけません。

大地も医者じゃないから、診断してはいけないんです。
そして、アスペルガーという言葉を聴いて、
困ってしまう人、悲しくなってしまう人、腹が立ってしまう人、自慢する人、
色々な人がいるからです。

先生はアスペルガーの人を「かわいそう」だと思わないけど、
「うらやましいなあ」とも思いません。
だって大変そうだもの。
大地の様子を見ているととても大変そう。

だから先生は大変じゃなくなるように、いろいろ手伝うのです。
どうしたら大変じゃなくなるのか、考えるのが先生の仕事です。

大地がアスペルガーだとはっきりして、
先生は大地がどんな大人になってほしいか、
前より色々考えることができます。
手伝い方も開発できます。

大地もアスペルガーだとわかったら、
大地型アスペルガーにはどんなトレーニングや勉強が必要か、

自分でも考えて、自分の修行に集中してください。

診断がはっきりしても、栗林先生の考えは変わらないし、大地は大地。これまでと何も変わりません。

また一緒に努力を続けようね。

大地から栗林先生へ返事

おはようございます。昨日、栗林先生に会ったのに…今日も本当は会いたい気持ちです。

月曜日は学校が休みなので、本当に残念なことです。

昨日はママといっぱい話をしました。栗林先生もママもやっぱり博士です。

みんな大地と同じ気持ちだと思います。計算通りということです。

逆にアスペルガーじゃなくて、自閉症でもない診断を医者が言ったらみんなは泣いたかもしれません。

そうじゃなくてよかったです。しっかり修行している大地は問題はないということです。

栗林先生もママも大地も医者ではないけど、間違わないでアスペルガーを見つけたのは超すごいことです。

大地はだから救われたと思います。本当にラッキーな人生です。

そう思うとやっぱり頑張らないと駄目です。でもママは、今くらい頑張ればいいと言いました。

もう少し頑張れそうな気がしました。少しオーバーペースなのかもしれません。

運動会が終わるまでは、ていねいに生活しなさいとパパは言いました。

たくさんするよりは、考えて工夫して大切に頑張ることです。

学校も修行も楽しいです。

栗林先生から大地へ返事

大地のメールを読んで、

元気をなくしていた栗林先生の心が、
すごく気持ちよくなりました。
どうして元気がなくなっていたかというと、
栗林先生の仕事は、人を元気にすることなのに、
このごろ元気にしてあげられないことが、よくあるからです。

栗林先生は、大人も子どもも、心が元気じゃないとだめだと思うので、
元気じゃなくなる理由をよく調べて、元気にする作戦を考えます。

でも、栗林先生にもどうにもならないのは、
その人が自分のことをよくわかっていない場合です。
自分で自分のことをよくわからないと、
一緒に作戦を考えることが難しくなります。

だから、その人に自分のことがよくわかるように、

気付かせる作戦を考えなければなりません。

でも自分のことをお話ししてくれない人もたくさんいます。
行動して見せてくれない人もたくさんいます。
先生のことを好きになってくれない人もたくさんいます。

そういう時は、栗林先生にも作戦のヒントが見つからず、
お手上げになります。

大地は自分のことをよく知っています。
大地は言葉で難しい時は、絵にかいたり、
やって見せてくれたりします。

だから栗林先生は、大地と一緒に考えることができます。
大地と一緒に喜んだり悲しんだりできます。

人間が仲間を作るためには、
自分のことがよくわかり、自分のことをうまく伝えることが大切です。

大地がアスペルガーという名前の診断を受けたことは、
大地と仲良くしたいと思う人が、
「もしかしたら最初はうまく仲良くできないかもしれない」とか、
「もしかしたら大地君の言うことがわからないかもしれない」とか、
心の準備をするための目印になるのだと思います。

でも実際に大地と仲良くしようと思って話しかけた時、
「なんだ、何にも困ることなんてなかった」って、
すぐにわかるだろうね。

だって、大地は自分のことをよく知っているし、
自分のことをうまく伝える方法を考えることができるからね。

うまくいかないことは、大地が自分の言葉で伝えたほうが、
わかってもらえるもんね。

パパやママや栗林先生が診断名なんていらないと思ったのは、
診断名がなくても大地のことがよくわかるからです。
千人のアスペルガーの人がいたら、千種類の違いがあります。
似ているところもほんの少しあるけど、一人ひとりの違いがたくさんあります。

診断名は「少し似ているところ」を知るためだけの目印です。
違うところは一緒に活動してみないとわかりません。
だから、診断名は「とっても便利なアイテム」なのではありません。

大地が自分のことをわかってもらいたい時、
「僕はアスペルガーです」と言っても、相手にはほんの少しのことしか伝わりません。
自分の言葉や自分の行動で、自分のことを伝えるようにしようね。

大地のとてもとてもきれいな心は、
大地の言葉や行動で、
大地の伝えたいと思う努力で、
相手にちゃんと伝わっていきます。

めんどくさいと思わずに、
うまくいかないとあきらめずに、
大地の仲間を作ってください。
長くなっちゃったね。
わからなかったら、またメールしてね。
大地と栗林先生は死んでもずっと親友です。

ごめん、先生はすぐには死なないよ。心配しないでね。
百三十歳まで長生きしようかな。

大地から皆さんへ

診断を発表します。

電話をして栗林先生に「診断は何？」って聞いてみました。でも、メールで教えてあげると言いました。

ぼくは耳で聞くより、読んだ方が頭にインプットしやすいからです。

大事なことは良くメールに書いてくれます。独りで静かに何回も繰り返して読めるのでメールは大好きです。

ＰＣで真剣にやっているときは、家族は誰も邪魔をしないルールです。

それで僕は「アスペルガー症候群」でした。やっぱりね。そんなことは研究していたから知っていたよ。って感じです。

パパやママ、栗林先生はきっとがっかりして悲しい気持ちになると思っていました。

「まさか…信じられない。何かの間違いよ」とか言って、すごい泣いたりするものでしょう…普通、テレビとかではそういうものですから。

でも、みんな「はい。はい」って感じでした。そんなことは知っていたよって感じです。

大地は診断が出たら言おうとしていたことがありました。

それは「障害のある子どもでごめんね」って言うことでした。でも、そんな感じじゃなくて超ビックリです。

よく考えれば医者が診断する前から、ちゃんと大地をわかって一歳からトレーニングをしてきたからね。

「あなたのお子さんはアスペルガー症候群です」と言われても、何をいまさら言っちゃてるの～って、気分かもしれません。

大地の気持ちは…ぼくも「別に…」って感じです。ぼくは色々調べて、それが一番近いと思っていました。

あとは、診断後も変わったことは起きそうもないし、修行も変更はないし…

でも、専門家の人や博士に色々聞くときに便利になると思います。

例えば…「ぼくはアスペルガーです。耳が敏感で、とてもうるさく感じます。イヤマフ以外にも便利な方法はありますか？」って聞けば、相手の人がわかりやすく説明してくれると思います。

でも、アスペルガーを知らない人も多いし、正しく知っている人もそんなにはいないですから。

大地は許可をもらっている人以外には「アスペルガー」って言葉は言いません。

やっぱり大地は、診断はあってもなくても…どうでもいいことだったかもしれません。

でも、嘘もごまかしもないで修行してきたな～良かったな～と、思っています。

岩永竜一郎先生（編注：長崎大学・作業療法士）から大地君へ

大地君

はじめまして、長崎の岩永です。

浅見さんの友だちです。


大地君の本を以前読んで、とても感動しました。

それは、大地君が自分の力を最大に生かそうとしてがんばっていることがわかったからです。

大地君のお母さんやお父さんの子育てや先生方の教育もすばらしいと思いました。

人間がもっている可能性をできるかぎり発揮しようとするのはすばらしいことだと思います。

それにしても、診断を教えてもらってよかったですね。

これから、お母さんやお父さん、先生方と大地君のことについてもっともっと話がしやすくなりますね。大地君のために役立つ情報も集めやすくなりますね。

大地君は幸せだと思います。

それはなぜかと言うと大地君の障害がはっきりしたことで誰も悲しまなかったからです。障害を本人に教えるときに一番よくないのはみんなが診断がついたことを悲しむことです。

大地君が診断がついたことで悲しんだら、お母さんやお父さんも悲しくなるでしょう。お母さんやお父さんが悲しんだら、大地君が悲しくなるでしょう。でも、大地君ファミリーは誰も悲しみませんでした。これはとてもすばらしいことです。

みんなアスペルガー症候群をよく知っていて、これから何をやっていったらいいかよくわかっているから、それができたんでしょう。そして障害があることを悪いことだとは誰も思っていませんね。

実は、大地君ファミリーのように診断を前向きに受け止められる家庭は少ないんです。二十件のうち一件ぐらいだと思います。だから、大地君はとても幸せなのです。

大地君にはお母さんやお父さんに感謝してほしいです。これは岩永からのお願いです。

岩永先生へ

岩永先生からメールが来たので大地は感動です。超ビックリです。いつも浅見さんに伝言をお願いしていました。そういうルールだからです。

先生から教えてもらった修行は、栗林先生や支援センターの先生に報告しています。もう少し頑張れば、出来ることが増えるかもしれません。

三年生は運動や体つくりを頑張ります。ムーブメント（編注：身体を動かす遊びを通じて発達を促す活動）を頑張ろうと思っています。あと、毎日外でいっぱい体を動かして遊びます。

大地は岩永先生に会いたいです。その時はママや栗林先生と行きます。一緒に御飯が食べれたらいいです。

また先生にお話がある時は、浅見さんに伝言します。楽しい修行を研究したらまた大地に教えてください。

本山先生と過ごした一年

二年生の四月から僕はおひさま学級の正式な仲間になりました。本山先生が担任の先生です。先生は二〇代です。バレーボールをしています。背がすごく高いです。若いけどあまり元気がない感じです。栗林先生の方が、自分で「ジジイになってきた」というくらいですけど元気です。

最初のころは、先生の言っていることもやっていることもさっぱりわかりませんでした。介助の弓代さんがいつも解説してくれました。あんまり仲良くなれそうもないと思いました。でも、本山先生は一生懸命で真剣に考えてくれました。漢字の勉強や筆算も栗林先生とママと何回も何回も話しあって、僕が楽しく勉強できる方法を次から次へと試してくれました。

それから、必ず僕の気持ちを聞いてくれるのも嬉しいことでした。ときどき、先生同士や本山先生と弓代さん、本山先生とママとかで真剣に話し合っているのを見ました。ときどき、教頭先生や交流の先生も呼んで、僕のことでマジな話し合いでした。作戦会議には僕が入ることもあって、大地の目標や希望を聞いてくれます。それから、本山先生は栗林先生とも話し合いや勉強をたくさんしていることも栗林先生からメールで「今日はこんなことがあったよ」って聞きました。

それでも、なかなか本山先生とうまく仲良く出来なくて、何も言えませんでした。

運動会の練習では、走れない僕に一生懸命に教えてくれました。本当は「どうせ無理だから、別にいいよ」と最初は思いました。パパやママも「一生懸命に走れれば転んでも、途中で曲がって走れなくなってもいい」と言いました。でも本山先生は「大丈夫。大地はきっとうまくいくよ」と言いました。練習が続くと運動会が本当につらくて、僕は家ではボロボロでした。でも、栗林先生がメールで「今日も頑張った。先生は毎日見ているよ。今日大地が走ったグラウンドの空はこんな空でした」って、励ましてくれてました。

隣のクラスの先生は空き時間にマッサージをしたり、スイッチ出来るようにスリスリしたり色々助けてくれました。弓代さんとはいつもセットで活動しました。グラウンドではずっと隣で解説してくれました。それから、熱がこもってフラフラの大地を冷やしたり、他の授業も頑張れるようにしてくれました。みんなの全面協力体制の中で運動会を無事頑張りぬきました。

徒競争は今まで一人でちゃんと走れたことがなかったです。真っすぐ走れないし、転んでしまうからです。いつも先生が一緒に走ってくれていました。たくさん練習をして、大地は結構走れるようになりました。本山先生は順番を待つ間、ずっと僕のそばにいました。後ろからムギュウしていました。

でね、初めて一人で走りました。僕はゴールした時に見た本山先生の顔を一生忘れないでいようと思いました。僕は生まれて初めて練習から最後まできちんと運動会に参加しました。それから、かけっこも障害物も綱引きもヨサコイも頑張ることが出来ました。

運動会が終わったら、すぐに市内の特別支援学級の合同宿泊研修でした。これも僕がグズグズ言っちゃって、ママから離れてお泊りは考えられなくてずいぶん泣きました。それに初めて行く場所なので資料が欲しいとかずいぶん無理なことを言いました。僕は本山先生とペアでした。

お泊りの間は、携帯も勉強も禁止になって僕はパニックでした。でも、本山先生は細かく細かく先生たちと作戦を立てて、わかるまで何回も説明してくれました。そのころは、本山先生は病気になっていました。胃と腸を悪くしたそうです。顔の色が白くなりました。ご飯が食べられなくなりました。きっと僕のことを心配し過ぎたのかもしれません。

お泊りでずっと本山先生と一緒でした。少しずつ、先生の言うこともわかってきました。少しずつ先生に話が出来そうな気がしてきました。それでも、僕の口は頭で整理してもなかなか言葉に出来ません。それでときどき、先生にメールをしました。僕はメールなら得意ですから、お願いすることとかを書きました。でも、先生は僕が口で言うのを待っているようでした。

本山先生は栗林先生とはまた少し違った感じです。本山先生は僕が同じ二年生の仲間と出来ないことをぼくより悔《くや》しそうでした。そしていつも「なに言っちゃてるの?」「だいち~悔しいね。やるぞ!」って言ってくれました。みんなが「まだ無理!」っていうものも結構、先生は「大地がやりたいなら出来るよ」と言ってくれました。それでどんなことも最後まで一緒でした。実際、出来ないで終わることもあったけど、そんな時は大地より先生の方が悔しそうでした。なんだかお兄ちゃんみたいな時もありました。

サッカーや野球も二人で頑張りました。だんだん本山先生が一緒にいるのが普通になってきました。二学期の終わりごろは、先生がいないと僕は調子が悪くなってしまいました。風邪で先生が休む時は僕は学校に行くのがつらかったです。

先生がスキー指導に毎日出かけた時は、僕はイスに座って課題が出来ないくらい弱ってしまいました。だから、先生がバスで帰ってくるのを待っていたことがありました。先生をみつけた時は嬉しかったです。

大地は走って行って抱きつきました。「さみしかったよ〜」って言いました。僕は何だか泣きそうでした。僕をムギュウ〜ってしながら、先生は「可愛いやつだな！」って言いました。それから、「先生がいないから、大地は具合が悪いんだって？」って言いました。「大地はもうボロボロで駄目だよ〜」って言いました。先生はニマニマしていました。それから、「明日はずっと一緒にいるからね」って、またムギュウしてくれました。ママは「先生、大地が具合悪いのに嬉しそうだよ。歪《ゆが》んでる〜」と言いました。

でも、お別れの時が近づいていました。本山先生は本当はまだ試験に受かっていないので、三月で転校することが最初から決まっていたからです。

大地は二年生の一年間、人の前で話す練習をずっとやってきました。発表もそうですが、司会とかも挑戦しました。何度も何度も練習しました。二年生の最初のころは、結構グズグズ言っては泣いて、家ではパニックを起こしていました。それでも、後半は色々自信が出来て「発達したな！」って自分で思えるようでした。

それで、勇気を振り絞って六年生を送る会では学年代表のあいさつに立候補しました。本山先生はすごい驚いていました。「大地。大丈夫か？　送る会だけでも嫌だろう。挨拶だぞ~代表だぞ~」って言いました。「平気！」って言ったけど、本当は全然そんなんじゃなかった。でも、だめだめ大地が本山先生と一年間頑張った成果を最後に先生に見てもらおうと思いました。大地は男だから、自分で決めたことはやり遂げたかったです。

ママにも何も言わないで一人で作戦を実行に移したんだ。僕はトレーニングの成果でだいぶ細かい作業も出来るようになりました。家では松山城のジグソーパズルに挑戦しました。大人用の本当に小さいピース。僕はジグソーパズルが苦手です。絵があるのは特に苦手です。形と絵と両方を見ないと駄目だからです。でも、二つ頑張ることにしたんだ。

実は、送る会は途中で挫けそうになりました。学年行事に最初の練習から参加したことって、おひさまに来てから一度もありませんでした。僕は話をするのが苦手です。たくさんの人の前は無理って感じです。目がいっぱいだからね。恥ずかしいし、怖いし、体がモジモジモゾモゾ動いてしまいます。それで、僕は大作戦に出ました。口では言えなくて、メールで言いました。「本山先生に最後に発達した大地を見せます。ビシッと決めちゃいますから、黙って見ていてね」って、宣言しました。これでもう僕は逃げられませんから。

栗林先生にも、僕の思いを話して応援してもらいました。僕は本当に頑張りました。それで、当日もかっこよくビシッと決めたつもりです。大成功だと思います。最後に本山先生にいい所が見せられてよかったです。先生はすごいいい顔で笑っていました。「頑張ったな！」って言ってくれました。

絶対無理！　仲良くなれないって思っていた本山先生と一年間、一緒に頑張りました。本当にいつも一緒でした。パズルも必死で仕上げました。

本山先生とうまくいかなくて、グズグズしている時に栗林先生に大地は呼び出されました。家庭科準備室の隅っこで少しジャレジャレしてから先生は言いました。「運動会もお泊りも大地は嫌かもしれないね。でも、大地はこの小学校の生徒なので嫌な行事にもみんなと一緒にする権利があるよ。義務じゃないよ。権利だよ。足が遅くて、走るのが下手でもいいんだよ。それがどういうことかわかるためには、大地には本山先生が必要だと栗林先生は思います」

その時は少し難しかったけど今はわかります。

本山先生

本山先生は大地の担任ーー
臨時採用の先生だ
まだまだ
おめーヘタだからあっち行け!
ジッジッ
生徒指導力という点ではもう一歩だけど
ポツン
ハン!
ホジホジ

ベテランの先生ではありえない
おっ大地!
ポツ
仲間ハズレに甘んじていちゃいかんぞ
ちょっと来い!特訓だ
らるるる
大地にとってはアニキのような存在だ
大地〜蹴ってみ
ころころ
うーん
はじめから動いてるボールはムリだな
すってん
いいか大地大切なのは軸足だ
ほら
それで蹴ってみ

そーだ そーだ
その調子 その調子
本山先生は空き時間を…
よーし大地 ピストルの勉強だ!
よーい
ドン!
パンッ
けっこう大地のために割いてくれる
大地
おい大地 しっかりしろ!
ブクブク

よーし
大地
まっすぐ走る
練習だ
パンッ!
だっ
よーし
ピストルの音は
クリアだな
そうだ
大地
この
ポールを
蹴りながら
そう
そう
右…左
右…左
パコン
パコン
大地!
ぱたっ

本山先生は大地ができないことを大地より悔しがり…
うーん 大地 悔しいね～！
ゆさ ゆさ
でも 大地 大丈夫だ やるぞ！ やれるぞ
なにあれ
だっさー
先生… ボク… ボク…
ムギュッ
はっしっ
大地
さあ 特訓のつづきだ
大地なら できるようになるさ
パコン パコン

そーだ大地
その調子その調子
ぺちょっ
大地にはムリムリ
どーせダメダメ
大丈夫…
大地がやりたいならできるよ
な…
ぺちょっ

よーし
大地！
ムギュウ
よくやった
よくやったなー
そして
何かできるようになると
自分のこと以上に
喜んでくれる
そんな本山先生と
大地だったけどー
先生！
さっ
ガタッ
ぼく
送る会で
学年代表の
あいさつを
します！
先生はまだ本試験に
受かってなかったので
3月でお別れすることに
なっていた
大地…
大丈夫か？
送る会だけでも
大変だろ？
挨拶だぞ〜
代表だぞ〜
ぐっ
平気！

とは言ったものの
大地は口に出して
人前でしゃべるのが
大の苦手ー
お…おくるかいのことば
ぼくわぼくわ
ヒィヒィ
でも大地は男だから
自分で決めたことは
やり遂げたかったんだ
何度もあきらめかけたけど
そーだ!本番は目がいっぱいなんだ
本山先生に最後に発達した大地を見せます
ビシッと決めちゃいますから黙って見ていてね
ピッ ピッ ピッ
大地は自分を逃がさない大作戦に出た
これで大地は
送っちゃった…
ビシッとます
決めちゃいます
黙って見てい
送信
もう逃げられない

幸い本番は
かっこ良くビシッと決めたつもりだ
これは大成功と言っていいよね
大地
頑張ったな！
ムギュウ
大地くん！

新学期への不安

新しい学年には
5年生
4年生
3ねんせい
2ねんせい
1ねんせい
怖いことがいっぱい
新しい教室ー
4-1
新しい靴箱
新しい先生ー
不安で不安で
ノコッタ
ノコッタ
ノコッタ
ノコッタ
大好きなお相撲も見られない春休み
4-3
うわあああ
家でもパニックだ

新しい担任

本山先生は学校に残った
大地とは違う自閉症のクラスの担任になった
だから今も
行事のたびに大地の面倒をみてくれる

遠足の時も
水を飲むのを忘れてないか
たしかめたり
じゃあ大地の
新しい担任は？
ガラ
ガラ
ガラ
栗林先生ー

三年生の大地の修行

四月だ！　スタート！

春休み中は心配や不安がいっぱいでした。なんだか落ち着かない気持ちでした。何をやっても集中出来なくて、集中できないからスイッチが出来なくてイライラしました。どんなに不安で、イライラしてもその日が来るまでは解決が出来ないことがあると教えてもらいました。

僕の心配は三年生になったら、教室も先生も学校がいろいろ変わることでした。始業式に学校に行って、パニックにならないように今年も事前登校というのをしてもらいました。それでも心配で栗林先生に電話をしました。教室の中のものを移動して引っ越し中。「今、学校に来たらグチャグチャになっているから、学校も先生も準備が出来るまで待っててください。四月五日の午後の予定です」と、栗林先生は言いました。

そして事前登校の日です。おひさまの先生たちが迎えてくれました。先生たちは言いました。「何を確認しておいたら、明日は安心して学校に来れるのかな。紙にしっかり書いておこう」

栗林先生は教室、下駄箱、新しい担任の先生、グループ編成の話をしました。必要なことはメモをしました。それから、「交流の先生を連れてきてもいいかい？」と言いました。大地は「遠慮したい」と言いました。なぜなら…担任の先生になった中村先生の怖いところを何回も見ているからです。

先生は去年は六年生の先生でした。運動会では大きな声で何か言っていました。その時は怖いばっかりで何を言っているのか、さっぱりわかりませんでした。「あの先生は超無理！」って感じです。でも、栗林先生は会っておいた方がいいよと何回も言いました。会わないと帰れそうもないです。それで会うことにしました。

教室に入ってきた中村先生は笑っていました。よく見るとイケメンでした。背も高いです。「中田大地です。よろしくお願いします」って言ったら、中村先生はムギューってしてくれました。三年生の「チーム大地」は栗林先生と、中村先生とママと大地に決まりました。

学校が始まっても落ち着かなくて、ソワソワして集中できませんでした。手がいつも動いているので栗林先生やママにたくさん注意されました。いろんなことが気になるので、予定通りに行かなくて、イライラが最高になりました。お出かけしてもいろいろ気になって、結構家族に迷惑をかけました。「もう治らないかも…」と心配になりました。

それで栗林先生に相談しました。栗林先生は宿題をくれました。「眼をつぶって声を出してゆっくり1から100まで数える。次は目を開けて、声を出さないでゆっくり1から100まで数えてごらん」と言いました。集中して最後まで出来ますか？　ってことです。

大地は出来ませんでした。どうしても人の声が気になって、人が動く時になって、いろんなことが気になって確かめたり見たり触ったりしたくなります。

でも、心配している暇がなくなりました。今は学校にいるとなんだか嬉しくて…ヘラヘラ笑ってしまいます。きっと、栗林先生は「お調子者だ」とか、「ずいぶんご機嫌がいいな～」って思っていると思います。

家では一つのことを最後までなかなかやり遂げられません。きっとママは「全くだらしないな～」と思っていると思います。それでも自分でわかっていますから、「だいじょうぶだよ」って気持ちで大地はいます。しつこく言われていないから、先生やママも同じ気持ちかもしれません。


四月は新しいスタートです。自立登校は大事だけど、一日の生活のリズムを作ることが大事です。と言われました。それで、どんなことをしても遅刻しないで学校に行きます。

本当は自分で歩いて、遅刻しないのが一番です。でも、今年は寒くて…四月に入っても雨が降って、雪が降って、嵐みたいな風が吹いたりします。それにとても疲れてしまって、朝はうまく起動出来ないでいます。

それから、参観日、懇談会、家庭訪問、三計測、聴力検査、視力検査、学力テストとか…これは嫌がらせかもしれないってくらい、毎日いろんなことがあります。こういうことが大嫌いです。本当に調子が悪くなる原因です。

でも、大地は小学生なので、これは大事な仕事です。だから頑張ることにしています。パニックになったり、先生にヨシヨシしてもらわくても十分頑張れています。一年生じゃないので、怖くなって脱走したりもしていません。結構、立派になりました。自分ではそう思います。

ただわかっているのは、大地は頑張っているけど、絶好調ではないことです。でも、それなりに頑張れるようになりました。やりたいことがあっても、明日も学校で頑張れるように、早く寝たり、外に行って遊ぶことを止めたり、勉強やトレーニングを減らすのも大事なことです。予定より早く寝て、明日は早めに起きてやり直したことをやってみることも発見しました。大地は八時五分、玄関が開く時間に学校に着かないと朝の準備が出来ません。時間を戻して、考えて気付きました。

交流でのお勉強が増えた！

僕は三年一組です。先生は中村先生です。事前登校の時、先生はママに言いました。「目的はみんなと同じことをして同じ時間を過ごすのか、または学力を上げたいのか…」そしたらママは言いました。「どちらでもない」と言いました。家でママにどういうことかききました。

ママは言いました。「みんなと一緒で楽しかった…では困ります。勉強だけできるのも困ります。先生は何を言ったかな。僕はわかったかな。皆は何をしているかな。僕は何をしているのかな。皆は今、どんな気持ちかな。そんなことを考えながら、お友だちと勉強してください。もしお勉強が遅れてもすぐに追いつきます。皆と一緒に出来そうもない時にどうしたらいいのかを考えてください」

難しいことを言われた気がしたけど、博士の宿題も同じだし、栗林先生もいつも同じことを言います。今、しなくちゃならないことはそういうことだと思います。簡単なようで難しい宿題です。でも、ママは「急がなくていいよ。ゆっくりみんなを観察して研究してね」と、言いました。

今年は一日の半分くらいは交流で勉強する予定だと栗林先生は言いました。それから、三年生がしていることは頑張ってやってもらうからねと言いました。栗林先生がいない時は無理はさせないよ。出来そうもないこともさせないよ。と言いました。

今は交流で勉強するのが楽しいです。先生が何を言っているのかわかります。先生が怒っている時、誰に怒っているのかわかります。一番いいな～と思うのは、先生が何回も名前を呼んでくれることです。「大地いいか！」「大地いいぞ！」「大地は大丈夫か？」こうやって何回も聞いてくれます。だから余計なことを考えている時間がありません。

交流で勉強するのは無理だと思っていました。でも、結構出来そうな気がします。そう思うと、うるさくてもみんなの声を聞きたいので、イヤマフを使わなくなりました。皆が何を言っているのか、全部聞きたい気持ちでいます。おそらく、交流の時間は増えていくと思います。

それは、僕はいつまでも障害のあるお友だちの仲間の中にはいられないからです。頑張っていければ嬉しいです。でも、おひさまでのトレーニングも大事な修行なので、僕は怠けている暇はないと思います。

三年生の目標

三年生は「大人になる準備」の準備です。そう栗林先生に言われた時に、ウハウハな気持ちでした。今年の一番の目標は「体をいっぱい動かす」これが一番です。

岩永先生は「体をいっぱい動かすと脳が発達する」と教えてくれました。そして遠い九州から、念力一つで僕の体をズバリ当ててしまいました。先生は悪い所だけ言ったわけじゃありません。「こういうトレーニングをしたらもっといいよ」と、いろいろ教えてくれました。

チーム大地は優秀なチームです。栗林先生、本山先生、発達支援センターのH先生とすぐに新しい修行を考えてくれました。そして、どうやら大地にはムーブメントがぴったりのようです。それで今年はムーブメントを頑張ることにしました。ムーブメントは栗林先生が週末に北海道のあちこちでしています。実はムーブメントは大好きです。でも人がたくさん集まるのが苦手です。

体を動かすようになったら、僕は辛《から》いのや酸っぱいのがわかるようになりました。僕はキムチもカレーも平気でした。レモンもミカンみたいに普通に食べられました。最近はちょっと無理です。レモンはすごい酸っぱいです。ワサビや一味唐辛子をパパみたいにかけたりつけるのは危険になりました。

もう一つの目標は、行事がいっぱいあってもくじけないで頑張り続けられることだと思います。一番頑張ることは、休まずに学校に行くことです。そのために漢字検定と市民マラソンに挑戦します。

診断では革命は起きなかった

大地は念願の診断をされました。でも、革命は起きませんでした。そして、大したことはありませんでした。僕は三歳ぐらいに「自閉症グレー」って言われました。その時ママは「グレーじゃない」と言いました。医者は診断が出来ませんでした。

でも、パパもママもおそらく自閉症と思っていたと思います。ティーチとか、ＳＳＴとか詳しいことはわかりません。でも、そこから必要なものを大地にも妹たちにもしてくれています。およそ一歳くらいから修行してきました。

大地は一年生の時に色々調べました。そして、アスペルガーかもしれないと思いました。パパやママ、栗林先生にも色々聞きました。でも、医者じゃないから診断は出来ないと言いました。診断が出来なくても、大地のことはよくわかるので一緒に修行しようと栗林先生は言いました。

そして、栗林先生も博士でした。ムーブメントの先生でもありました。大地の栗林博士は「ママも博士だよ。大地が思っているより立派な人だ」といいました。栗林先生はママと一緒に仕事がしてみたいそうです。

大地は医者が診断出来なくても、ちゃんとずっと修行していました。T博士もA博士も、「診断名は大事なことじゃないよ」と言いました。「いつでも診断名をつけられるけど、それはもっと大きくなってからだよ」と言いました。僕は診断より自分をもっともっと知らなくちゃいけないことを教えてもらいました。

でも、もうすぐ「大人になる準備」がはじまるので、その前に準備が必要になったそうです。それで、「療育手帳」をもらうことになりました。おまけで診断をもらいました。

診断名は「アスペルガー症候群」でした。
テレビみたく、ママや先生は悲しくなって大変な事態になるはずでした。そしたら大地は「障害を持っててごめんね」って言う予定でした。でも、みんなは普通でした。しつこく聞いたら栗林先生は「どうした?」と聞きました。それでママと話しあいました。「あぁ、栗林先生もママも博士みたいなものだった…アスペルガーってわかっていたことだ」って気づきました。診断がついて嬉しかったことは、岩永先生がメールをくれたことです。

大地は飛行機に乗れるようになったら、会いたい人がたくさんです。一番は日馬富士です。そしてお相撲を見て、東京タワーに行きます。昼は浅見さんとお茶して、夜は浅見さんの旦那さんとご飯を食べに行きます。それから浅見さんとジムで運動します。浅見さんのコップにビールを入れます。「一杯だけです」と言います。小暮先生と絵の修行をします。そして、藤家のお姉ちゃんともお茶したいです。それから横浜に行きます。横浜ではタキザワさんに会いたいです。それから、九州に行きます。たかびごんさんと野球に行って、ひちょりがホームランを打ちます。それから岩永先生と焼き肉を食べます。そして、元気になったら大大大博士にみんなで会いに行きます。三年生で出来るといいです。

介助員さんとの思い出

弓代さんは先生じゃありません。介助員さんです。おそらく僕の担当ではなかったと思います。でも、僕があんまりグズグズなんで、ほとんどペアでいました。

僕が困ったり、イラっときたり、わからなかったり、心配になったり、でも言葉に出来ない時。弓代さんは先に口に出して言っちゃいます。「ちょっと今の何？　あれなら大地がわからなくなっても仕方がないわ。いいよいいよ。おひさまに帰って、わかるまで弓代さんが教えてやる」って言ったり、交流の先生でも「それでは困る！」と、猛攻撃してくれます。先生の悪口も、大地がなかなか言葉に出来なくてイライラしていると先に「本当に腹立つね」って言いだします。「ねえ、大地もそう思わない？」それで大地はすっきりするので、思わず笑っちゃいます。

弓代さんは面白い人だと思っていました。

弓代さんは学校のお母さんみたいな感じです。身支度、整理整頓をいろいろ面倒を見てくれました。それから、鼻血とかゲボとかするので、みんなの前で大地が恥ずかしい思いをしないように、いつも準備をしてくれました。夏は冷やして、冬は温めてくれました。

ずっとずっと…大地が卒業するまでは一緒だよって言ってたのに、弓代さんは三月で転校になりました。それは突然の話でした。大地がそれを知った時は悲しくて一人で布団の中で泣きました。

弓代さんとお別れして一カ月経ちました。弓代さんがいたらな～と、時々探します。でも、いるわけがないです。

弓代さんがいなくなってから気がついたことがあります。弓代さんが、先生の悪口を言ったり、「あんなのわかるわけないよ」なんて言っていたのは、弓代さんがそう思ったからじゃないってことです。そう思ってもそこでなかなか言えなくて、ずっと後になってから思い出したり、パニックになったり、キリキリになったり、次の授業に行けなくならないようにしたような気がします。僕が言えないことを、弓代さんが代わりに言って僕をスッキリさせてくれたと思います。

弓代さんがよく僕に言ってくれたことは「大地は大地でいいんだよ」です。ママと同じことを言っていました。

お別れしてから、弓代さんには会っていません。メールも我慢しています。運動会が終わったらメールしようと思います。弓代さんはきっと今の大地に驚くと思います。

みんな仲間

ぶんちゃんと大地がはじめて出会ったのはー
はい ボールね
はい ボール
大地一家が大きな公園で遊んでいた時のこと
あっ ぶんちゃん
そっちは ダメ！
とことこ

あぁ
ぶんちゃん ダメよ！
どこの公園でも見かける たったこれだけのことだけどー
まあ！ なんて しつけの悪い子
親の顔が 見てみたい わね
見て見て あれが 親の顔よ
ぶんママは ぶんちゃんの障害が まわりから理解されず 嫌がられたり驚かれたりされた イヤな経験があった
ごめんなさい ごめんなさい
この子は この子は
さっ
いいんですよ

一方 大地ママも
大地がすぐにパニック起こすのはわかっていたから
さっ
さっ
どーも スミマセン
ありがとうございます
そのあたりは慣れたもの
さっ
ソー ソー
まあ ぶんちゃんが楽しそうに遊んでる…
この子が他の子と遊ぶなんて生まれてはじめてのことなんですよ
そうだったんですか

二人とも楽しそう…
よかった嬉しい…
あら
ぶんちゃん
もぞもぞ
これがしたいの?
こくっ
それじゃぶんちゃん
一緒におトイレ行こうね
こっくり

ああ 今日は楽しかった
ぶん
大地くんにまたねって
ぶんちゃん！修行がんばろうね
大地くん
ぶんちゃんは心が赤ちゃんのままだから…
修行はムリなのよ

修行はムリってそんなの変だよ!
人間である以上みんな修行をするんだよ
人間は生まれた時から死んだあとまでずっと修行なんだから
?
なぜ
不思議なことにこの時言葉が出なかったぶんちゃんなのに大地にはぶんちゃんと会話が成立していたらしい
そうそう
さっ
これ…この絵カード
使ってください
言葉のかわりになってきっと役立つはずですよ

それ以来
ぶんちゃんはー
さっ
もじもじ
学校でも
トイレのカードを
見せるようになり
おもらしも
そそうもしなくなった
そして
どんどん発達し
は
ろ
に
い
へ
と
ほ

ひらがなも読めー
にんがし
にさんがろく
九九までできるようになった

言葉が出なくっても
足が動かなくっても
僕の友だちは
みんな
それぞれ修行している

おひさま学級の仲間たち

僕の学校は街では一番大きくて生徒がたくさんいる学校です。だから、おひさま学級もお友だちがたくさんいます。去年は四クラスありました。今年は三クラスです。

一組は体の不自由なお友だちのクラスです。二組は大地のクラスです。情緒・自閉症のクラスです。三組はわかりませんです。

二組には八人のお友だちがいます。先生は三人いて介助員さんが一人います。そして、三つのグループに分かれています。僕は去年はおひさまで勉強するグループでした。今年は交流でたくさん頑張るグループです。

みんな交流に行く授業が違うので時間割はバラバラです。ちゃんと確認しないと失敗します。ほとんど交流で朝と帰りぐらいしかおひさまにいない人もいるし、ずっとおひさまの人もいます。

それでも、おひさまの仲間です。全員に役割があります。クラスの役割もあるし、おひさま全体の役割もあります。

おひさまには、生まれた時から車いすの人や話も出来なくて手も自由に動かなくて電動車いすの人もいます。それから、同じ自閉症でも話が出来ない人もいます。でも、みんなが出来ることで役割があります。差別はありません。発表の時は、みんなが発表します。

僕みたいに話が出来る人もいます。話をするのに時間がかかる人もいます。いっぱい発表できる人がいます。でも、少ししか出来ない人もいます。一年生がいて、六年生がいます。絵カードで発表する人もいます。書けるけど話せなくて、書いて発表したり、先生に手伝ってもらう人がいます。


僕の仲良しのゆさちゃんは話はうまく出来ないし、手も自由に動きません。ゆさはゆさの道具で字を書きます。最近は、声が出るあいうえおボードを押して発表します。こうちゃんは自閉症で話が出来ません。絵カードもあまり好きじゃないようです。でも、こうちゃんは五年生なので大地の先輩です。一年生のけいい君は学校に入ったばかりなのに手術です。少し歩けるようになったのにまた車いすになるそうです。同じ三年生のゆう君も手術です。一緒にトイレに行ったりします。

話がうまく出来ない人にもみんなと同じ権利があります。でもいろんな人がいるので、おひさまのルールは少し時間がかかる人も待ってあげることです。それから、出来ることは何でもかんでもおせっかいで手伝わないことです。

みんな、修行の内容も、勉強の内容も、勉強の目的も、勉強の方法も違います。同じ三年生で同じ算数でもやっていることが違ったり、同じプリントでもやり方が違います。発表会でもやらなくていい人はいません。特別な道具で楽器を演奏したり、鈴を持ってトランポリンでジャンプして音を鳴らす役目の人もいます。出来ないことをやらされたりはしません。でも、嫌ならしなくていいよとは言ってもらえないし、無理だと思うからこの人だけしなくていいよともいきません。栗林先生は「みんな人間なので修行が大事で、小学生なので学校でみんながやることは一緒に参加しないといけない」と言いました。特別な方法だったり、特別な道具だったりしても、みんなが一緒に頑張ります。

おひさま全体でする勉強もあります。作業で作品を作ったり、リズムで音楽をしたりです。みんなで相談してお誕生会もします。お料理をします。ケーキとかパフェとかも作ります。畑も作ります。秋には収穫して収穫祭をします。たぶん今年は交流の時間が多いから、畑の活動は減ると思います。大地の役目はおひさまで畑を頑張る人に感謝することと、畑が出来る日は一生懸命に野菜の世話をすることです。今年の秋はたくさん収穫できるといいです。

おひさまの一時間目は「体つくり」です。体育館で体を使って運動したり、ゲームをしたり色々です。ムーブメントもします。運動が苦手な大地でも楽しいと思います。みんなと一緒に出来ることもあるけど、僕は下手で出来ないこともあるので本山先生は大地には特別な練習をして教えてくれる時もあります。他の人も同じです。夏はプールに行くし、春は運動会の練習もします。運動会は交流に全員が帰ります。だからお友だちと一緒に参加できるように作戦を考えながら練習します。大地は去年、かけっこをだいぶ練習しました。交流のお友だちは知らない秘密の特訓です。

冬は雪が降ります。雪遊びしたり、雪合戦やかまくらを作ったりします。それからスキーもします。大地はおひさまでも交流でもスキーをします。去年は本山先生がずっとつきあってくれました。一年生の時はスキー靴で立てなかったし、今年は冬休みに毎日練習したけど、後半は大火傷して練習できなくなりました。スキー場に行った時も下手すぎてひどいみんなの迷惑でした。今年はスキーはあきらめていました。体重移動とか、ハの字にするとか、親指側に力を入れるとかがさっぱりでした。靴の中の足は見えないし、言っていることはわからないしお手上げでした。

でも、Ｗｉｉｆｉｔで謎が判明しました。最高！　ボーゲンが滑れるようになりました。おそらく先生たちやママも出来ないと思っていたと思います。だから出来た時はみんなは驚いてから喜びました。スキーが初めてのえりちゃんも泣きながら滑っていたけど、最後の方は楽しんでいました。こうちゃんは上手です。ストックなしでひゅ～いひゅ～い滑ったら、グラウンドを歩け歩けスキーです。栗林先生が後ろから追跡していました。こうちゃんがとてもスキーが上手なので、真似してストックなしで滑ってみる人もいます。でも一番はこうちゃんでした。

発表会は秋です。おひさまで参加します。歌ったり器楽演奏をします。これは全員参加です。大きい学年の人が大きい楽器を演奏します。みんな演奏に工夫が必要だったり、覚える方法が違うので個人練習から始まってみんなで合わせていきます。発表の日は学校全体から応援のお友だちが二百人くらい一緒に参加します。そして一緒に歌ってくれます。「おひさま学級とゆかいな仲間たち」という名前で参加です。

去年は「キセキ」を歌いました。大地は交流でも参加しました。発表会は覚えることがたくさんですよ。でも、音楽ならすぐ覚えられるし大丈夫です。知っている曲でもアレンジが入っていると僕は結構混乱します。弓代さんが混乱をだいぶほどいてくれました。大地は結構耳が敏感らしいです。間違った音や合わないリズムで本当に耳がつらくて頭が痛くなります。だんだん気持ち悪くなってきます。だから結構、後半まで全体練習には参加しませんでした。

でも、最初から最後まで両方の練習に参加する人もいるし、おひさまだけで交流に出ない人もいます。大地も「交流だけでおひさまは出なくていいよ」と、栗林先生は言いました。でも、本山先生と相談して両方に出ることに決めました。一回決めると、先生たちは全面協力で目標を達成するように作戦を立ててくれます。

おひさま学級はそんなところです。たぶんものすごく守られていると思います。スクラムを組んでの協力体制もスペシャルです。交流の先生たちへの協力願いも「交渉して契約するね」と言います。

でも、基本は無理は禁物。出来そうもないことを無理させないと言います。いくら決めても、先生たちで相談して反対されることもあります。必要な時は教頭先生が出てきます。

かなりいい学校で、おひさま学級は最高！　だと思います。

博士たち

栗林先生のこと

栗林先生はおひさま学級の先生です。コーディネーターという仕事もしています。それから、市内の小学校に相談とかにも行きます。ムーブメントの先生もしています。とても忙しいです。

先生に助けてもらいたい人がたくさんいます。大地は栗林先生が大地専用ならいいなぁ～と思います。大地がそう思っていることは栗林先生も知っています。でも、先生は大地はいろんな先生と勉強した方がいいと言いました。でも、いつも見ているからねとも言いました。それと必要な努力はしてもらうし、先生は必要ないことは助けませんと言いました。

本当はいつもそばにいて、いろんなことを教えてもらいたいけど…そうじゃない方がいいそうです。先生が学校に居ても、話も出来ない日があります。かまってもらいたくても、ゆっくり顔を見れない日もあります。さみしい感じです。一緒に居ても話はあまりしていない気がします。でも、話をする時はじっくりします。

栗林先生から呼び出しされる時もあります。大地から予約を入れて二人で一緒にいる時間を作ってもらうときもあります。先生のピアノでマッタリして終わる日もあります。たっぷり遊んだり、勉強してすっきりする日もあります。

大体はメールで話すことが多いです。相談とか、今の気持ちとか、グズグズ言いたいこともメールでします。

大事な話はメールで聞きます。写真をとって交換したりします。


栗林先生はよく泣きます。大地の気持ちがわかったって泣きます。頑張ったねって泣きます。もう、オジサンなのに結構泣き虫です。それは大地と同じです。

栗林先生ははっきり言います。でも、みんなに同じように話すわけではないそうです。

大地にははっきり話すことが大事だと言いました。

栗林先生は「中田大地」と書いたファイルを持っています。きっとそこにいろんな作戦が書いてあると思います。

先生に会ってから、今まで何回も作戦を立ててきました。僕がみんなと一緒に出来るようになるための作戦です。

本当は、細かいことにすごく厳しいです。立っている時の姿勢や、座っている時に膝をくっつけるとか、点結びの点を通ることとか、マスからはみ出た字とかです。気持ちはどこにあるのとか、どこに注意してやったとかそういうことです。それと、出来るだけゆっくりしなさいと言います。少しでいいので、ゆっくり意識してしなさいということです。

作業だけじゃなくて、運動もそうかもしれません。体のどこを意識して動かすのとかも教えてくれます。ボヤボヤしていると叱られます。上手にしなさいとか、たくさんしなさいとかは言いません。今までは少しだったけど、三年生になってからは超厳しいです。「またかよ！」と思う時もあります。でも、注意される意味を知っているといらっときても「まずい！」とか「やばい！」とか思います。


最近、栗林先生にメールをしていません。グズグズってメールで言っても無駄だと思ったからです。だったら、黙って学校で先生たちの言うことをきちんと聞く方がいいようです。ちゃんと話を聞けば、心配していることも解決できると思います。

それは本山先生のために頑張った「卒業生を送る会」で挨拶をしてわかったことです。

無駄なことでグズグズ言ったり、泣いたり、自分で出来ないと思うのはやめるようにしました。それは損なことです。パパやママと同じように、栗林先生も大地を信じていると言いました。

僕は本を出して色々言われたので心配になりました。栗林先生に二つ質問しました。一つは頑張れば働く大人になれますか？　二つめは人間の大人になれますか？　です。

一つ目はメールで返事をくれました。大きな字で「大地は必ず働く大人になります。」と、書いてありました。そのあと、二人でいる時に、大地が生まれてきた意味を教えてくれました。それを聞いて大地は思いました。お金がもらえる仕事も、お金がもらえない仕事も、大事なことなら一生懸命に出来る人になろうということです。栗林先生が一年生の時に行っていた「人の役に立つ人になってください」はそういうことかもしれません。偉い人や、立派な人になりなさいということではないかもしれません。

二つめは遊んでいる時に、こそっと聞きました。栗林先生は爆笑しました。「大地は人間じゃないなら、どんな動物だと思っていたのさ！」と言って涙を流して笑っていました。「おひさまのお友だちも、交流のお友だちも、みんなみんな人間だから全員が人間の大人になるんだよ」って言いました。大地の頭からもののけが出て行きました。

三年生になったら、交流の時間が増えました。今年は栗林先生が担任の先生です。ママは言いました。「低学年じゃないからね。大人になる準備をするために、自分で考えることが大事だからね。栗林先生に甘えられるとか、助けてもらえると思ったら失敗します」

確かにその通りで、栗林先生は超ウザいくらいに細かいことをいろいろ言うけど、いままでのような感じとは違います。大地は二年生までは、結構赤ちゃんだったかもです。栗林先生は交流に行っても、となりに座って一緒にはいてくれません。弓代さんみたくそばにいて解説しません。本山先生みたく後ろから見ていて、いつでもそばに走ってきてくれません。

交流には一人で行きます。でも、栗林先生は交流でのことは何でも知っています。栗林先生は魔女じゃないし、魔法の鏡も持っていません。だからどっかから覗き見していると思います。

朝から帰りまで、ずっと交流で勉強する日が出来ました。先生から色々言われれても、結構大地はいい感じなんだと思います。

僕は困っているのかよくわからなくなる時があります。それでも自分が出来ているかどうかがわからないからです。一生懸命に普通に頑張っててもずいぶん先生に注意されたりしました。お友だちに「違うよ」「ダメなんだ」ってよく言われました。

今の中村先生はわかりやすいです。はじめのころは一時間に何回も「大地！」って、呼ばれていました。それは叱るためではありません。「いいぞ！」とか「答えがわかっても、まだ言うなよ」とか「今の顔は良いな～いい、反応だ！」とかです。「大丈夫か？」と聞く時もあります。今は、前みたいには言いません。そのかわり目と目が合います。そうしたら、今は話さない方がいいとか、今は話してもいいとか少しわかるようになった気がします。そういうのも、栗林先生は知っていて計算通りなのかもしれません。

だから、栗林先生に「今日はどうだった？」って聞かれたら「大丈夫だった」と言います。大丈夫じゃなかったら、栗林先生は大地にはそんな質問はしないと思うからです。強制的に、交流は中止になって作戦会議になると思います。

「栗林先生とはどんな修行をしていますか？」とよく聞かれます。栗林先生とする修行は生きていること全部だと思います。立っていることも、座っていることも、ご飯を食べることも、運動も、遊びも、勉強も全部です。栗林先生はくたくたに疲れるまでたっぷり遊びなさいと言います。三〇分以上だらだらするなら、たっぷり寝て明日また頑張った方がいい、と言います。ご飯はおいしく楽しく食べた方がいい、大地と一緒に食べた人も気持ち良く食べれるともっといいね。ご飯を食べることで健康を維持できるといいね。でも、ご飯を食べると不健康になるのは困るね、と言いました。

ご飯を食べる時のルールや、マナーや、体にいい食べ方を勉強するには、僕はおひさまで食べる日も必要です。みんなが交流に出かける日に、僕だけおひさまに帰るという日もあります。だから、栗林先生との修行を教えることは出来ません。先生が大地に教えてくれることは、きっとみんなにも必要なんだろうけど、作戦はみんなバラバラなんだと思うからです。僕のクローンはいないので役には立たないと思います。

僕は栗林先生といくつか約束をしています。それは、栗林家のキャンプに行くこと。栗林家に一人で遊びに行ってみること。死ぬまでずっと二人は親友だっていうこと。ジジイになる前に「ちょうどいい」がわかるようになったら、こっそり教えてくれる。大地が大きくなったら一緒にお酒を飲んで語り合うこと。

でも、最後の約束は実はよくわかりません。でも、僕のパパも大人の友だちも全員が言います。「大人になったら一緒にお酒を飲もう」。おそらく、大人は子どもが大きくなったら一緒にお酒を飲むことが楽しみなんだと思います。

みんなとの約束を守ったら、大人になった次の日からしばらく酔っぱらいが続きそうです。僕はお酒より、ケーキやアイスの方が嬉しいです。会社に行けなくなったら困るので、これから出来る大人の人とはお酒の約束は断ろうと思います。大人はそういうのが面白いと思います。

岩永先生からの宿題

栗林先生は大地に「体をいっぱい動かして外で遊びなさい」「大地には毎日ムーブメントをしてあげたいね」と言います。体を動かして遊ぶと、頭と体と心が育って元気になれるということです。でも、大地はすぐに疲れますから、少し遊んだら後は一人で本を読んだり、レゴをしている方が楽しいです。

それでも栗林先生は、体や筋肉を意識して運動すること、生活すること、と言いました。それは本当に細かいことです。動くものを目で追いかけるのも、飛んでくるボールを手で取るのも、足でキックするのも、他のことにもつながっているというのです。それは、漢字をノートのマスにきちんと書けること。漢字に角が出来て、はねやはらいが書けること。隙間があかない四角が書けて、ユレユレの線じゃないきれいな丸が書けること。

体は全部が協力しないと、歩くことやご飯も食べることもできないこと。いっぱい教えてもらいました。おひさまに行ってから、毎日体つくりの時間では運動しました。休み時間はお友だちや先生と、グラウンドでたくさん遊びました。近くの公園や林に探検に行ったり、畑で作業したりします。

　僕はすぐにお疲れモードです。学校の周りの公園まで歩いて遊ぶと、すぐに足の裏が痛くなります。動けなくなります。それでも、毎日毎日、学校でも家でもたくさん遊びました。だんだん出来ることが増えてきて、平均台が渡れるようになって、鉄棒や縄跳びが飛べるようになりました。キャッチボールやバッティングも少しできるようになりました。

そしたら、岩永先生が宿題をくれました。

　大地のかけっこの写真を見た岩永先生から、宿題が届きました。メールです。でも、少し難しいので大地にはわかりませんでした。それで、栗林先生や本山先生に見てもらいました。それから、発達支援センターのH先生にも見てもらいました。栗林先生はムーブメントのやつで評価をするねと言いました。H先生は感覚統合のテストで評価をしました。それから、家ではビデオをとりました。それは運動だけじゃないです。着替えをする所やご飯を食べるところや色々です。

　家ではママと大地で体をどうやって使っているのかをチェックしました。ママはそれをチェック表で評価しました。それで、細かく作戦を立てると言いました。栗林先生やH先生からは岩永先生の宿題をするのに、どんな動きの練習が必要なのか研究して教えてくれました。センターや学校ではそういうことをしました。家では、そういう動きをゲームにしたり、遊びにしたり、毎日やることの中にそういう動きが入るように工夫しました。

体を動かすのは苦手ですが、結構楽しいものです。毎日、休まずに続けていると大地の体に変化が来ました。

最初に気がついたのは味のことです。僕は辛いのも酸っぱいのも平気です。ワサビは鼻が痛いけど、トウガラシやカレーは辛くても平気でした。酸っぱいのも平気でした。レモンとかもミカンみたいに普通に食べれました。でも、ある日カレーは辛くて、レモンが酸っぱいことに気付きました。辛かったり、酸っぱいから食べられないものがあることがわかりました。辛いのとか酸っぱいのは舌の痛点が感じて信号を脳に送るそうです。だから僕は下から脳までの線路が開通したか、どこか別の線路を通ることを覚えたようです。それか信号のスイッチがわかったのかもしれません。これで果物がとってもおいしくなりました。果物がおいしくなると野菜の味がわかってきました。

僕は生の野菜が苦手でした。苦い気がしたし、シャリシャリした感じが嫌でした。でも今はおいしく食べれます。きゅうりやレタスも平気だし、春キャベツも甘いことがわかります。サラダ菜やグリーンリーフもおいしいと思います。そうなると、ししとうや豆苗とかの変わった味のものも楽しんで食べれるので好き嫌いが減りました。

それから、歩いても足が痛くなったり、丸くなったりしなくなってきました。いっぱい歩くとかかとが痛くなります。それは歩く時の姿勢や歩き方や、筋肉の使い方、力の入れ方が変わってきたからだそうです。そういうことの違いは靴の底の減り方に出てきたそうです。

僕は早い時は一週間で靴の底に穴が開きます。いつも同じ足の同じ所です。二か月、毎日僕と学校に通った靴は、もう何回も洗っているのにまだ穴が開いていません。

先生たちはもっとすごいので、もっと専門的に僕の体が変わってきたことを結果にしています。詳しいことはわかりませんが「別人のようだ！」と言います。走っても遅いですけど…今までの走り方とは違うそうです。たしかに歩いても走っていても転ばなくなったので変化はしているかも。

自分でよくわかるのは文字です。10マスの大きなノートに平仮名が書けなかったのに、いまは1センチマスのノートに毎日、日記を書いています。

どんなトレーニングをしているのかは内緒です。っていうか、わからないことも多いです。でも、家でママとやるトレーニングは僕も一緒に考えていますからそれは書けます。

体や筋肉を意識するためには、ゴムバンドや洗濯バサミを使います。バランスを良くするためにトランポリンの上に真っすぐ立つのも練習です。iPhoneを使う時は、トランポリンの上に立ってします。それから体重移動は麺棒の上に板を置いてその上に立ちました。夢中にやるトレーニングではないです。好きなテレビを見ながらバランスボールとか、結構いい加減な感じです。でも、楽しいし、毎日必ずできるのでいい感じです。

それから、僕は学習机を使いません。正しい姿勢で座るのが難しいからです。床に足の裏がしっかりくっつけられる椅子に座ります。それに合わせた机です。

小さなことを頑張ってきたので、僕はかなり変わってきています。岩永先生が今度はどんな宿題をくれるのかが楽しみです。

大大大博士が教えてくれたこと

①体をたくさん動かしなさい。
②体に聞きなさい。

大大大博士が教えてくれたのは、このふたつです。

体は動かすようにしています。でも、博士からの話を聞いてからは、昔遊びにもチャレンジしました。雨に濡れながら帰ってくるのも、濡れた靴で歩くのも大事な感覚の修行かもしれないと思いました。それから、いつも家でやる遊びが外ではどんなふうに感じが変わるのかも、僕は自分の体に聞いてみることにしました。芝生や土の上に座ったり、寝転んだり、いつものバランス遊びはどんな感じなのか体が知ると役に立ちそうです。

僕の体はいろんなことを知った方が、脳にいろんな情報を送るので脳はどんどん発達していくのだと思います。いろんなことを試して挑戦するたびに、僕の脳はプルンプルン震える感じがします。それで、自分の体をスリスリ手でこすったり、その上にママの手を載せたり、ブラシでさすったり、コロコロマッサージでも体中をコロコロするようにしています。

体を洗うには、長いブラシや大きなタオルより、自分の手か手の大きさと同じくらいのものに変えました。僕の体はものすごく痛いとか冷たいとか感じるところと、あまりそうじゃないドンくさい所があるので、じぶんで自分の体の状態を知るのは大事なことに思いました。ちょうど一人でお風呂に入り始めたので、ていねいに自分の体に聞くのはていねいに体を洗えるのでいいことでした。これは外側から自分の体に聞いてみる方法です。

それから、僕のエネルギー源は豆乳や黒糖。体が「欲しいよ！　必要なんだよ！」と指令を出しているので上手に食べるといいというヒントです。黒砂糖はどれでもいいわけじゃないので、きっと体に合うタイプのものがあるようです。沖縄物産展とか九州の物産展とかで買ってもらうようにしました。南の国のミネラルには不思議な力があるのかもしれません。

豆乳も、きっと大豆製品が僕に合うのだと思います。赤ちゃんのころはアトピーで食べられなかったのに少し変ですけど。豆腐や納豆も気をつけて毎日食べるようにします。

それから、少しだけオリーブオイルも必ず使ってもらいます。僕はお日さまパワーにこだわっています。
こうやって、体の中の声も聞くようにしました。
僕は大大大博士のノルマも達成していると思います。

苦しいのを取る修行

学校にはいろんな友だちがいます。おひさまにはもっといろんな困ったことがある友だちがいます。心が小さい子どものままで、すぐに怒りモードになったり、パンチやキックすることでしか心を解決できない人もいます。そういう人は、すぐに忘れちゃうし、変な時に思い出して突然に関係ない人に暴力する人もいます。僕はそれが説明されても良くわかりませんでした。それで、家に帰って来てから思い出して嫌な気分になりました。パニックになったり、夜に怖くなったり痛い気がして泣いたりしました。

そしたら、頭の中にお兄ちゃんが生まれました。お兄ちゃんは先生とは違います。それで、お兄ちゃんは僕に乱暴する人をボコボコにやっつけてくれます。それをママに言いました。ママはお友だちの心の痛みまでは大地にはまだわからないねと言いました。そして、お互いうまくいかない時には一緒にはいない方がいいと言いました。学校で遊んだり、一緒に勉強します。でも、放課後は一緒にはいない方がいいことになりました。そうしたら、大大大博士は「思い出さない」というミッションをくれました。

僕は後から嫌なことを思い出してしまうそうです。でも、後なら解決には遅いことが多いです。それで、洗い流す方法を教えてくれました。簡単なミッションです。焼酎をお風呂に入れます。それだけです。

お風呂に入る時に、杯《さかずき》半分くらいの焼酎を入れます。最初はお風呂にお酒の匂いがします。匂いがなくなったら、お風呂のお湯を混ぜ混ぜします。お湯が柔らかくなったら完成です。お湯にとげがあるうちはいい感じではありません。お風呂は誰かが入る前に一番に入る方がいいです。そうじゃないと前に入った人の嫌なことが溶けているので、あまりいい気分じゃなくなりますから。

お風呂に温まっていると、肌の表面が何かを吸い込んでいきます。そして、頭からユレユレと抜けていく感じになります。寒い時は焼酎以外にハーブの入ったバスソルトを入れます。カサカサでかゆいときには、米ぬかとココナッツミルクパウダーを入れた袋を入れます。それでも、焼酎効果はあります。

頭や体を洗う時はシャワーよりお風呂のお湯を使います。そうすると、ベッドに入って寝ようとした時に、シャットダウンがうまくいきます。すぐに眠れます。そして、朝もスッキリします。夜に寝れなかったり、グズグズ思い出して苦しい思いをしていると、一日が何もしないうちに終わります。昼間の活動に体がついていかなくて悲しい気持ちになります。学校の嫌なことは学校で解決したり、学校に置いて帰ってくるのが簡単になります。たぶんミッションはうまくいったと思います。

大大大博士の本には春ウコンのことが書いてあると浅見さんは言っていました。ドラッグストアには秋ウコンしかありませんでした。それで、本が来たので読みました。僕はエビオスにピピッときました。それで、その日のうちに買ってきてもらいました。

最初は死ぬかと思いました。僕は玉の薬が飲めません。のどに引っ掛かる感じです。もう絶対無理って感じでした。でも、あんなに苦しかったのに、二日ぐらいしたら飲まないといけない気分でした。そして飲みたい気持ちに変わりました。一体どこにそんな力があるのかはわかりません。

ママに聞きました。そしたら、ビール酵母で作ったお腹の薬だと言いました。でも、お腹に効いている感じはしません。ドックンで流れる時の血の量が今までより少し多く頭の脳に行く感じです。ソワソワとかゾワゾワがなくなりました。焦った時に、頭や胸がキューっとなって訳わからないのがなくなりました。そういう時の失敗がなくなりました。プリントやレゴをしている時、周りの音にイラっとこなくなります。自分ペースでいられると頭が疲れませんから便利です。
ご飯を食べたらエビオスの時間です。一日に二〇錠まで飲んでいい約束です。朝は五錠と決めています。昼は学校で飲みたいだけ飲みます。夜も飲みたいだけ飲みます。何錠飲んだのか覚えているようにします。

ママはネットで春ウコンも買ってくれました。それは、お茶、粉、玉の三種類です。匂いは強烈です。でも、嫌な匂いじゃありません。お茶は超苦いです。ジュースで割って冷たくします。粉はまだ飲んでいません。玉を朝、五錠飲みます。今はどこに効いているのかはわかりません。でも、朝になるとウコンを飲みたい気分です。あまりおいしい感じじゃないです。どういう風に体がモデルチェンジするのか楽しみです。
体をいっぱい動かしたり、細かい作業をすることとウコン。それが脳の小脳の発達に繋がるらしいです。こんなことで発達するなら簡単なのでよいことだと思います。

大大大博士のミッションは、頭とか胸が苦しくなったりつらくなったりしないように出来ています。そのための道具が焼酎とかウコンとかが面白いです。韓国のイ・ジェマとかホ・ジュンのようです。イ・ジェマやホ・ジュンは、研究して開発した治療や診断を王さまや民に受け入れてもらえなくて、牢屋に入ったりずいぶん悪く言われました。でも、助けられた人がずいぶん増えて認めてもらったそうです。大大大博士に似ていると思います。

大大大博士の研究所にも薬草が干してあったりしているかもしれません。浅見さんは神様みたいな人ですと言いました。でも、僕は仙人みたいだな～と思います。

100点

大地は運動会が
大の苦手ー
介助の人がそばに
張りついていないと
座ってられなかったくらいだ
ぐらぐら
徒競走も
まっすぐ走れず
大地ーがんばれー
カチン
コチン
すぐに転んだ
おーっ
べちょっ

でも
そんな大地を−
大地
がんばれ〜
本山先生や
たっ たっ
たっ たっ
大地くん
しっかりね−
すりすり
S先生−
栗林先生
たちが
カシャ
カシャ
♪
それじゃ
大地−
作戦
かいぎ
を
するぞ
支えてくれる
こともあって−
大地は
だんだん
その調子!
そうだ〜
大地〜!
よくやったぞ!
大地
よくがんばった
ムギュウ
走れるようになっていった

今年は
大丈夫だ 大地
お前なら やれる
ドキドキ
ドキ
ちゃんと座ってられる
100メートル
まっすぐ走れた
たったったっ
びりだった

修行の成果だね　大地くん！

あとがき

本になるのは二冊目です。一年生でおひさまに行ったころ、本が出た二年生のクリスマスのころ、二冊目の本が出る今。僕は少し大きくなりました。大きくなって出来るようになったことと、修行で出来るようになったことがあります。ずいぶん変わったと自分でも思います。でも、あんまり変わっていない気がします。変わったところと、あんまり変わらないところがあるからだと思います。栗林先生が言うように「人間は死ぬまで修行」が本当だったら、『ぼく、アスペルガーかもしれない。』を最初に買って読んでくれた人もきっと、成長して発達したんだと思います。

それは、大人も子どもも同じだと思います。日本のあちこちで、方言とかでママやパパとケンカしながら僕の本を読んだり、同じように特別支援学級で修行している人がいると思うと面白い感じがします。

僕の所にはたくさんのメールが届きました。それから、障害があったり、病気があっても、大人になるために頑張っている人がいるのは自分だけじゃない気がして嬉しい感じがしました。

本にしたことで嫌な思いをしました。でも、いいこともたくさんありました。実は一冊目の本と二冊目の本が出る間にはいろんなことがありました。診断がついたり、たくさんの自閉症の先輩とお友だちになったり、自閉症の博士とも知り合いになりました。それはとても僕にとっては良いことでした。

残念だったのは、光君を書いていた戸部先生が天国に行ったことです。光君と一緒に大人になれたらいいなあ~と思っていたので、とてもさみしい気持ちになりました。

光君は自閉症でした。僕とは違うタイプのようです。でも、似ているところがたくさんありました。光君と同じトレーニングもしていました。先生や幸子お母さんが光君にする工夫は僕もしてもらっています。僕は光君からいろんなことを教えてもらいました。光君が頑張っていたから、自立登校を頑張ることにしました。お泊りや乗馬もそうです。イヤマフも光君のおかげで使う勇気が出来ました。

もう光君の続きはないです。光君の分まで、頑張って働く大人になれたらいいです。本当にさみしい気持ちです。でも、光君の代わりにいろいろ話を教えてくれる人たちが出来たのでよかったです。特に、藤家のお姉ちゃんやたかびごんさんは謎だったことをいろいろ教えてくれました。それから、うまくいかなくても結構仕事ができることがわかりました。会社に行ったり作業所に行きながら、野球を見に行ったりしていました。お友だちとお出かけしたり、デートもしていました。

僕は東京タワーに行く時に、藤家のお姉ちゃんと会う約束をしています。一緒にキャラメルマキアートを飲みたいです。わかったことは、自閉症でも普通の人間だな〜ということです。

僕は立派な大人にはなれないと思います。でも、普通の人間の大人ならなれそうに思います。出来れば、みんなが喜ぶような仕事が出来たらいいです。一生懸命に生きる人間になりたいです。

世界には自閉症だけじゃなくて病気や障害がある子どもがたくさんいると思います。僕は栗林先生に教えてもらいました。みんなも人間の大人になれるそうです。自分次第で幸せな人生になるそうです。

みんなのそばにそういうことを教えてくれる人がいれば、子どもはみんな幸せになれると思います。大人になる前から「不可能だと思われる」とか「困難だと思われる」なんて言わないでほしいです。そんなんじゃ夢はなくなってしまいます。誰だってやる前から無理だと言われたら悲しい気持ちになります。

僕は「君がこの世に生まれてきたのは意味があることなんだよ」と言われてすごく嬉しかったです。「君と出会えたことは宝物だよ」も嬉しかったです。でも一番嬉しい気持ちになったのは、もう駄目だ。こんな世の中は嫌だ。自分は本当にダメなやつだ。きっとどこかおかしいんだ。と、思っていた時に「どこもおかしいところはないよ。苦手なところと得意なところがあるだけ。それはみんな同じだよ」と、教えてくれたことです。それから、「これからどんどん変われる。子どもの可能性は無限だよ。大地は謎の男だ！」と言われたことです。それから「どんな大人になるのか楽しみです」も嬉しいことでした。だから僕は頑張ろうと思いました。頑張っている人が自分だけじゃなくて嬉しいです。

これからも僕はこういうことを忘れて、嫌になったり落ち込んだりするかもしれません。どんなに頑張っても出来ないことがあるかもしれません。でも、出来ないことを自閉症のせいにしたり、頑張る前からどうせ無理だと決めつけるのはやめようと思っています。

僕の本はこれで終わりかもしれないし、まだ続くかもしれないし…それは僕にもわかりません。でも、死ぬまでいろいろ書こうと思います。僕は間違っていたら困るので、いろんな人に読んでもらって、これからもいろいろ教えてもらおうと思います。本にするかどうかは読んだ人が決めればいいと思います。

「革命」は簡単には起きないみたいです。おひさまに行っても、本になっても、診断がついても、あんまり変わったことはありませんでした。でも、こういうことは本当はどうでもいいことに思います。自分次第なんだと思いました。それから、自閉症の博士に会っても、やっぱり革命は起きませんでした。

博士や医者は診断して、これがいいとかあれがいいとか言います。でも、「生きる」ことを教えてもらうには、一緒に生きている時間が多い人の方がいい感じです。

僕は特に色々言われてもよくわかりません。だったら一緒にやってよという気分です。だから、そばにいる人が一番のような気がします。

パパやママ、先生たちは博士ではありません。博士でなくても、僕は頼りになるみんなだと思います。

めったに会えない博士より、いつもそばにいる人の方がいいと思います。

僕《ぼく》たちは発達《はったつ》しているよ

2010年10月16日　第一刷発行

〈著者〉
中田大地《なかただいち》

〈装画・マンガ〉
小暮満寿雄

〈デザイン〉
土屋 光

〈発行人〉
浅見淳子

〈発行所〉
株式会社花風社
〒106-0044 東京都港区東麻布 3-7-1-2F
Tel:03-6230-2808　Fax:03-6230-2858
E-mail:mail@kafusha.com　URL:http://www.kafusha.com

〈印刷・製本〉
新灯印刷株式会社

ISBN978-4-907725-79-2

ぼく、アスペルガーかもしれない。

中田大地［著］　ISBN978-4-907725-77-8

しっかり働ける大人になるために
僕はもっと、自分のことを知らなくてはいけない

特別支援級に学ぶ
8歳の男の子が本を書きました！

発達障害は治りますか？

神田橋條治ほか［著］　ISBN978-4-907725-78-5

「目の前にいる人を
なんとか、少しでもラクにするのが医者の仕事」
そう言い切るカリスマ精神科医が問いかける
「治らないという考え方は、治りませんか？」

★神田橋條治の発達障害論★

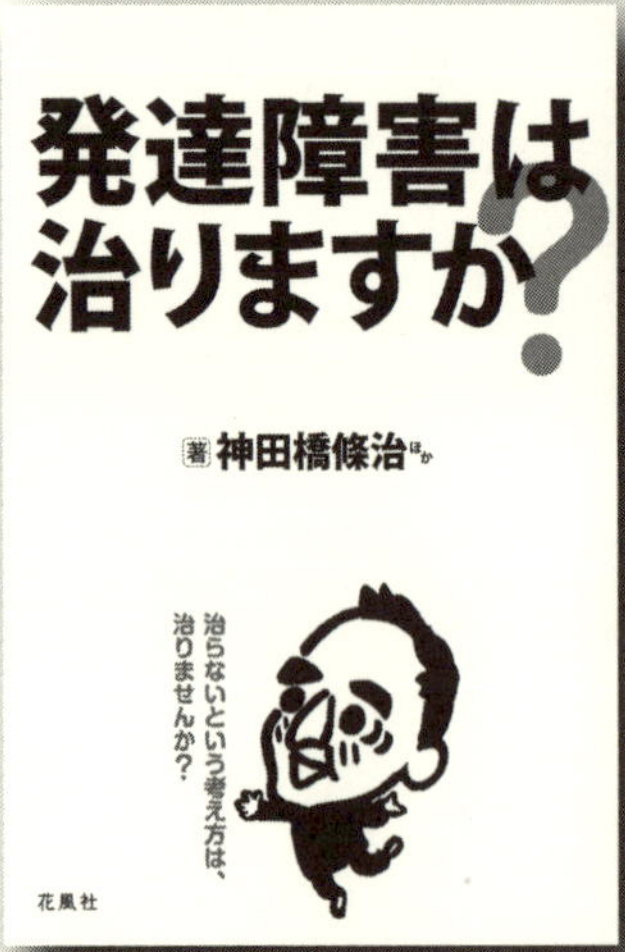